CÓMO SALIR CON UN
CON UN
HOMBRE LOBO
-Y NO MORIR EN EL INTENTO-

CÓMO SALIR CON UN HOMBRE LOBO

-Y NO MORIR EN EL INTENTO-

María R. G.

Plataforma Editorial

Primera edición en esta colección: mayo de 2022

© María Rodríguez Gómez, 2022
© de la presente edición: Plataforma Editorial, 2022

Plataforma Editorial
c/ Muntaner, 269, entlo. 1ª – 08021 Barcelona
Tel.: (+34) 93 494 79 99
www.plataformaeditorial.com
info@plataformaeditorial.com

Depósito legal: B 8686-2022
ISBN: 978-84-18927-82-9
IBIC: YF

Printed in Spain – Impreso en España

Diseño y realización de cubierta:
Marina Abad Bartolomé

Fotocomposición:
Grafime

El papel que se ha utilizado para imprimir este libro proviene
de explotaciones forestales controladas, donde se respetan
los valores ecológicos y sociales y el desarrollo sostenible del bosque.

Impresión:
Sagrafic

A mi hombre lobo particular.

Prólogo

H ola, me llamo Mary y mi novio es un hombre lobo. Sí, un hombre lobo. De esos que se convierten con la luna llena, tienen colmillos y gruñen a las palomas. Esos.

Parece mentira lo poco que conocemos a nuestras parejas cuando empezamos a salir con ellas. Y lo digo por experiencia, porque eso es lo que me pasó a mí al principio.

Pero puede pasar con todo, ¿eh? No solo si tu pareja es un hombre lobo. No te das cuenta de su pésimo gusto en música hasta que vais a un karaoke a la quinta cita; crees que ha sido una equivocación cuando ves por primera vez que no utiliza los intermitentes del coche (pero no, en realidad es *ese* tipo de persona); no te parece tan grave que quiera compartir el postre hasta que ya nunca vuelves a tener un postre para ti sola…

En mi caso, al empezar a salir con un hombre lobo, obvié otro tipo de señales que ahora veo de forma clarísima. Pero el enamoramiento y la fascinación me habían nublado tanto los sentidos que ahora solo puedo agradecer que sea un hombre lobo y no un hombre rata, porque, si no, habría acabado enamorada de alguien que huele a alcantarilla.

Puedes pensar que es peligroso y que estoy loca. Puede, por otro lado, que esto te resulte glamuroso, como te han enseñado las series y las películas. Pero yo no voy a mentirte: en realidad, la mayoría del tiempo es como tener a un humano y un perro mezclados dentro del cuerpo de un hombre adulto que odia bañarse. Literalmente.

Creo que lo que me pasó a mí (lo de enamorarse de un hombre lobo) puede pasarle a cualquiera hoy en día, y por eso he decidido plasmar aquí mi experiencia, para que no pases por alto las señales. ¿Empezamos?

El hombre desnudo

Todo comenzó un día que me acercaba, bien temprano por la mañana, a un centro de acogida municipal para personas sin hogar en mi ciudad. Querría decir que estaba colaborando con ellos porque soy una buena ciudadana, porque me preocupo por las personas con pocos recursos o porque el voluntariado es lo que da sentido a mi vida, pero aquí he venido a ser sincera. Llevaba casi un mes trabajando en el albergue por orden judicial.

Vale, ahora es cuando te asustas y dejas el libro.

Si no lo has hecho (cosa que espero, porque no me gusta hablar sola), te diré que no estaba haciendo servicios comunitarios por ser una delincuente, sino porque tengo ciertos problemas de control de la ira. Nada grave.

Sencillamente, tuve un día terrible. O *DT*, como me gusta llamarlo para abreviar.

Todo empezó por la mañana, en el metro, cuando un desconocido decidió que era buena idea tocarme el culo aprovechando que el vagón estaba lleno. Es horrible cuando pasa algo así, ¿sabes? Te giras para mirar, nadie te está mirando, y una parte de ti quiere creer que te han tocado sin querer. Así que lo dejas estar para no «montar una escena», pero ya no estás cómoda. Ya solo deseas que tu parada llegue cuanto

11

antes, porque, si ese tipo te ha tocado el culo de verdad, lo último que quieres es estar cerca de él.

El caso es que soy muy consciente de que, cuando me enfado, puedo perder los papeles; llevo años trabajando el tema con mi psicóloga. Supongo que por eso decidí creer que todo había sido un accidente en lugar de algo buscado... Pero ya me dejó mal cuerpo. Así que, tras responder al enésimo autor que nos llamaba de todo por rechazar su manuscrito y cuando un compañero volvió a hacerme la bromita de la becaria que lleva el café, exploté.

Todo esto tendría más sentido si hubiera mencionado que en ese momento tenía un contrato de becaria en una editorial. Cobraba una miseria y no trabajaba la jornada completa, pero podía abrirme las puertas a quedarme ahí trabajando. ¡Y no quería gafarlo!

Por eso fue una suerte que tuviera tiempo de salir fuera antes de explotar. No recuerdo muy bien qué pasó, pero en la multa pone que tiré unos contenedores de basura al suelo y los pateé y que por si fuera poco intenté arrancar las tablillas de un banco.

Cualquiera puede tener un mal día, ¿no?

No estoy orgullosa de lo que hice, pero en mi defensa diré que, gracias a la intervención de mi psicóloga, el juez solo me condenó a asistir a terapia de grupo y a realizar servicios comunitarios durante un mes en lugar de tener que pagar la multa. De modo que tan grave no debió de parecerle.

Pero, bueno, volvamos al inicio de esta historia.

Ahí estaba yo, llegando a mi último día de servicios comunitarios, cuando me sonó el móvil. Mi primer instinto fue asustarme, claro. ¿Por qué me llamaría nadie a las siete de la mañana? El susto fue en aumento cuando vi que quien llamaba era Josh.

—¿Qué pasa? —solté nada más descolgar.

—Madre mía, Mary, no te vas a creer lo que acaba de pasarnos a Manu y a mí.

Josh se había quedado a dormir en casa de Manu el día anterior, así que no pude evitar enarcar una ceja al imaginarme alguna experiencia especialmente interesante que quisiera comentar.

—¿Es que habéis pasado una noche tan alucinante que no has podido esperar a que salga el sol para llamarme? —pregunté mientras soltaba una risita.

—¿Qué hora...? Joder, las siete. Perdona, tía, ¿te he despertado?

—No, tranquilo. ¡Empiezo mi último día de servicios comunitarios!

—¡Es verdad, era hoy! ¡Enhorabuena, mi chica!

Me detuve a unos metros de la entrada. No me parecía de buena educación entrar hablando por teléfono a un sitio donde me habían mandado como parte de una condena.

—Bueno, ¿me cuentas eso tan misterioso que acaba de pasaros?

—Manu y yo nos hemos encontrado a un tío desnudo en la calle.

Me quedé en silencio, demasiado sorprendida para poder articular palabra. Seguramente habían salido tan temprano porque Manu tendría algo que hacer en el instituto, y en el camino...

—¿Un tío desnudo? ¿Estaba borracho o algo?

—Creo que no. Parecía que se había desmayado sin más en medio de la calle.

—Desnudo.

—Sí, bueno, a nosotros también nos ha extrañado. Por eso llamamos a una ambulancia. Estamos esperando a que llegue.

—¿Y si se despierta y es violento? ¿Estáis muy cerca?

—¡No te preocupes tanto! Si se despierta, tendremos cuidado, pero, con la mala cara que tiene, dudo que eso vaya a pasar pronto. Ojalá pudiéramos hacer más para ayudarle.

—Te voy a prohibir ver más series de médicos por la noche —zanjé con una media sonrisa—. Vosotros tened cuidado y dejad que el hospital se encargue de todo, ¿vale? —Suspiré—. Bueno, me voy al albergue y después tiro para el trabajo.

Tengo que volver esta tarde para recoger los últimos papeles y soy libre, así que... Luego te veo.

—Y te cuento todos los detalles. ¡Pasa un buen día!

El resto del día pasó tan rápido que pareció mentira. La mañana en el centro comunitario fue bastante tranquila, lo que no siempre es así, y, cuando volví por la tarde para recoger mis papeles, me sentí lo bastante espléndida para invitar a mis compañeros a tomar algo y despedirnos. Me pasé todo el día acelerada. Aunque, como en el trabajo no habían llegado a saber nada de mi multa, tuve que contenerme durante toda la jornada las ganas de gritar: «¡Hoy termino los servicios a la comunidad! ¡Voy a volver a mi horario de siempre!». Es que no veas lo que se nota la diferencia cuando pasas de entrar siempre a las diez a tener que estar a las siete al pie del cañón.

Aquella noche, Manu vino al apartamento que compartíamos Josh y yo a cenar y pedimos unas *pizzas*. Así, la pareja pudo contármelo todo tranquilamente sin tener que preocuparnos por cocinar.

Por lo visto, habían ignorado mi consejo de mantenerse al margen y habían acabado en el hospital después de encontrar la ropa del tío desnudo.

—En realidad no la estábamos buscando —explicó Josh, que intentaba que dejara de mirarlos como si estuvieran locos—. Manu tenía que coger el tren en Atocha para ir a trabajar y, cuando estábamos llegando a una de las entradas..., *voilá!*, ahí estaba su ropa.

Los miré y alcé una ceja.

—¡Es verdad! —se defendió Manu—. Aunque al principio dudábamos que fuera suya, pero en el estado en que estaba y por el tamaño... Nos arriesgamos.

—Claro... E intuyo que no os quedó más remedio que llevarla al hospital —adiviné, esperando que la ironía se notara perfectamente en mi voz.

—Queríamos hacer un favor, nada más. Y así de paso descubrimos un poco más del tío desnudo.

—Sorpréndeme —respondí mientras me aguantaba la risa. Tendría que prohibirles las series de detectives también.

—Se llama Galder —explicó Josh—. Venía de Asturias en el último tren y decidió que era buena idea ir a dar un paseo por Madrid la misma noche en que llegó.

—Mala idea, si no sabes qué zonas evitar —apuntó Manu mientras cogía un trozo de *pizza* con peperoni.

—Por eso le atracaron. El pobre dice que no se enteró de nada, que, cuando quiso darse cuenta, estaba en el suelo.

—¿Y le pegaron también?

Josh se encogió de hombros.

—Tiene un moratón en la frente, así que seguramente le dieron con algo en la cabeza y cayó redondo.

—Es una suerte que no se hiciera nada más... —comenté.

—Desde luego.

El silencio devoró nuestros pensamientos sobre la desgracia de aquel chico asturiano, atracado en su primer día en la capital. Me resultaba extraño estar comiéndome una *pizza* que estaba increíblemente buena mientras pensaba en ese pobre tío al que habían dejado desnudo después de atracarle.

—Es un tío bastante majo —comentó Manu, rompiendo el silencio—. Nos ha dado las gracias por todo un montón de veces... Y eso que aún no habíamos encontrado su cartera.

Me pasé la mano por la cara, sin poder creerme lo que estaba oyendo.

—No me digas que habéis vuelto a Atocha.

—Galder nos dijo que no hacía falta, que la buscaría al salir del hospital, y, si no la encontraba, cancelaría sus tarjetas y lo que hiciera falta, pero al final nos ha podido la amabilidad.

—Y la curiosidad —apostillé—. Queríais cerrar el círculo de la buena acción, ¿a que sí?

Josh sonrió con picardía.

—Eres muy lista. ¡Pues sí! Para una vez que podemos hacer algo bueno por alguien, no íbamos a quedarnos con la curiosidad de si todo había terminado bien.

—Vaya par... ¿Y la habéis encontrado?

Josh asintió.

—Estaba cerca de donde habíamos encontrado la ropa. Y lo más sorprendente es que no parecía que faltaran tarjetas ni billetes. ¡Vaya suerte!

—Vaya suerte ha tenido él con que vosotros le hayáis encontrado. Supongo que habéis vuelto al hospital a terminar la buena acción.

—En realidad, aún no se la hemos llevado, porque ya era tarde... Pero habrá que hacerlo.

No se me escapó el tono con el que Manu había dicho esa frase.

—¿«Habrá que hacerlo»?

Josh me puso su mejor cara de perrito abandonado.

—Manu no puede faltar otro día más al trabajo y yo tengo una sesión de fotos mañana. ¡Ayúdanos, Mary, eres nuestra única esperanza!

La referencia a *Star Wars* consiguió romper el rictus serio que había logrado mantener y Josh lo celebró como si hubiera dicho que sí.

—Yo también tengo que trabajar, ¿sabes?

—Sí, pero no entras hasta las diez. No pasaría nada si salieras un poco antes de casa y te desviaras un pelín, ¿verdad?

Le fulminé con la mirada.

—Este favor te va a costar muy caro.

—¡El finde preparo tortitas! —prometió mientras me besaba la mejilla sonoramente, y yo me pregunté cómo era posible que siempre se saliera con la suya.

Al día siguiente, estaba en los ascensores del hospital a las nueve de la mañana. Había calculado que, si llegaba, le daba las cosas, me aseguraba de que estaba bien, como Josh quería, y me iba, llegaría con tiempo de sobra al trabajo.

«No le debo nada a este chico. Bastante ha hecho Josh por él.»

Siguiendo las indicaciones que mi amigo me había dado, llegué a la habitación donde estaba ingresado y llamé a la puerta.

La bandeja del desayuno descansaba al lado de una cama que me pareció pequeña en comparación con su ocupante. El tal Galder debía de medir casi dos metros, pues todo su cuerpo parecía demasiado grande para esa cama tan pequeña. Así, para mi sorpresa, el hombre desnudo resultó ser el tío más imponente que había visto nunca. No como los tipos duros de las películas de acción, sino de una forma más sutil pero igualmente abrumadora. Como estaba sentado en la cama, solo podía intuir su envergadura, aunque eso, junto con el vello rizado que le asomaba por el pijama, me hizo pensar en cómo se le vería estando de pie. Llevaba el pelo mojado y alborotado (¿tanto había madrugado que le había dado tiempo a ducharse?), y algo más corto que en su DNI, aunque lo suficientemente largo para que cada mechón mirara en una dirección diferente.

Sí, había cotilleado su cartera, ¿vale? No quería dar la documentación a la persona equivocada.

—Hola —me saludó con una sonrisa—, soy Galder. Intuyo que eres Mary, ¿verdad? La amiga de Josh.

—Sí... ¿Te dijo ayer que vendría yo?

Galder ladeó la cabeza levemente.

—Eso recuerdo, ¿por qué? ¿Pasa algo?

Sonreí a mi pesar.

—Que me conoce demasiado bien: cuando te lo dijo, no me había pedido que viniera aún.

Él soltó una carcajada con una voz grave tan animada que un escalofrío me recorrió la espalda.

—Eso significa que o eres muy buena amiga o que él es muy persuasivo.

—Diría que las dos respuestas son verdaderas. —Sonreí.

En ese momento recordé que tenía sus cosas en una bolsa, así que terminé de entrar en el cuarto y se las tendí.

—Gracias... Menos mal que no perdí nada —comentó, algo avergonzado, mientras revisaba entre sus pertenencias.

—Ha sido una suerte —corroboré—. Por cierto, ¿cómo te encuentras hoy?

Tenía la piel algo pálida y ojeras bajo los ojos. Aquello ya le hacía parecer algo enfermo, pero la venda en la cabeza, que cubría la herida que Josh me había descrito el día anterior, era la guinda del pastel. Seguramente su aspecto del día anterior había sido mucho peor, claro, pero pasar la noche desnudo en la calle no debe de hacerle bien a nadie.

—Mejor —respondió con una sonrisa—. Les dije a los médicos que me encontraba bien, pero insistieron en hacerme un TAC y dejarme en observación ayer y hoy, por si acaso el golpe en la cabeza había sido grave.

—¿Y te han dicho algo ya de la prueba?

—Que todo está bien. Creo que esta tarde mismo me darán el alta —comentó mientras se estiraba sobre la cama.

Bueno, eso eran buenas noticias. Se le veía bien, teniendo en cuenta su situación; tenía sus pertenencias y yo ya me había entretenido más de lo que pensaba. Era hora de irse.

—Me alegra que te encuentres mejor y que el golpe no fuera nada. Yo tengo que irme ya, pero le diré a Josh que todo está bien.

—Habéis sido muy amables conmigo. Los tres —remarcó, y me miró a los ojos con agradecimiento—. *Munches gracies.*

Algo en su mirada me hizo ponerme nerviosa de dos formas muy diferentes. La primera, como si mi instinto de supervivencia se hubiera convertido en el de un conejo de veinte centímetros de altura. La segunda era un tipo de nerviosismo muy diferente, no sé si me entiendes, así que decidí que sería mejor irse antes de que colisionaran.

—Ya nos veremos —me despedí, y salí de la habitación.

¿Qué somos, una ONG?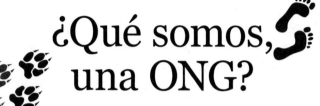

—¿En serio? ¿Desnudo? La expresión de Alex era una graciosa mezcla entre sorpresa e incredulidad.

—Ajá.

—¿Qué cosas habrá hecho para acabar desnudo por ahí? Tiene su punto —comentó en tono pícaro.

—Eh, esos pensamientos lascivos, que estás comprometida —le recriminó Josh, y ella se echó a reír. Cuando Aleksandra se reía, la expresión seria que solía tener se relajaba y se veía a la mujer cariñosa debajo de la fachada de negro.

Ella y Josh habían sido mis amigos desde el primer año de universidad. Nos conocimos en la cafetería en el primer mes de carrera, cuando Josh me prestó los céntimos que me faltaban para comprarme un sándwich. Ellos estudiaban filosofía y yo, filología hispánica. Ellos se iban a sentar a comer y yo no tenía compañía, así que me invitaron a unirme... Y así empezó nuestra amistad. Siempre nos apoyábamos y nos protegíamos, tuviéramos más tiempo para vernos o menos. Eran lo más cercano a una familia que tenía en la ciudad.

Y, aunque empezamos a vivir juntos poco después, Alex se acabó mudando con su novio a un apartamento que los padres de él tenían en alquiler y Josh y yo nos quedamos en el apartamento que seguíamos compartiendo. No quiero engañarte: pagar un alquiler en Madrid siendo solo dos personas y que acaban de salir de la carrera es casi imposible. Por eso habíamos buscado otra compañera de piso y habíamos vivido con ella hasta unos días antes de que todo esto comenzara. Cuando ella se marchó, le propuse a Josh que Manu se mudara con nosotros, pero no dudó en dejarme clarísimo que todavía no estaba preparado para vivir con su novio.

—Yo solo digo que el toque misterioso no se lo quita nadie. ¿A ti qué te pareció, Mary?

Intenté responder antes de que mis mejillas se tiñeran de rojo del todo, pero no fui lo suficientemente rápida.

—Te has puesto roja —me acusó Josh—. Qué fuerte. Te gustó Galder.

—¡Qué va! Lo que pasa es que me pareció más... imponente de lo que esperaba.

—¿Imponente? ¿Tenéis una foto?

—Yo tengo su WhatsApp, déjame ver —soltó Josh mientras sacaba el móvil, tan rápido que estuvo a punto de caérsele—. A mí no me pareció imponente.

—¿Cómo que tienes su WhatsApp? ¿No te despediste de él ayer y diste por zanjado tu voluntariado con desconocidos desnudos?

—Sí y no. Fui por la tarde, antes de que le dieran el alta, pero le di mi teléfono por si necesitaba algo. —Se encogió de hombros al tiempo que le pasaba el teléfono a Alex—. Me ha dicho que de momento se va a quedar en un hotel. Por lo visto estos días tiene algunas entrevistas para compartir piso.

Asentí y le di un trago a mi refresco mientras me recordaba que Josh era lo bastante mayorcito para saber en quién confiaba.

—En esta foto no se ve nada —bufó Alex—. ¿Por qué no tiene un *selfie*, como todo el mundo? —Guardó silencio un momento para encenderse un cigarrillo—. Pero, bueno, el tema es que, si te pareció interesante, podías haberle propuesto quedar algún día.

—A mí me dijo que le pareciste muy simpática —comentó Josh, que miró la hora en el móvil antes de guardarlo—. No me pareció notar nada raro en su tono, pero a lo mejor le gustaste también.

—Ya os he dicho que a mí no me...

—¡Igual él se planteó invitarla a salir!

—¡Pues no me extrañaría! ¡Mírala! Con ese pelazo rizado y la piel morena. Ya le gustaría a Beyoncé.

Como puedes observar, Josh es mi mayor fan. Pero no le hagas caso: exagera mucho.

—A Beyoncé solo le gano en el tamaño del trasero, Josh. Ya me gustaría a mí...

—No digas nada —me interrumpió él—, que me había quedado muy bien. Y tú tampoco, mente sucia.

Alex le tiró una aceituna con una carcajada y Josh tuvo el buen tino de mirar alrededor antes de responder.

—¿Os traigo algo más? —preguntó el camarero, que acababa de acercarse a la mesa.

Miré mi reloj y apuré el vaso.

—Para mí no —respondí mientras sacaba la cartera—. ¿Lo mío cuánto es?

En ese momento, mientras pagaba para ir a una cita que llevaba días posponiendo, me di cuenta de por qué Josh se había puesto así hacía un momento. Aquel era el día en que mi ex vendría a buscar sus cosas al apartamento. Llevaba varias semanas mandándome mensajes y yo no me había sentido con fuerzas para volver a verla hasta la semana anterior, cuando accedí a que viniera.

Ahora me esperaba un bonito e incómodo encuentro con alguien que seguramente preferiría arrancarse los ojos antes de vernos otra vez, a mí o a mi culo de Beyoncé.

—Yo me marcho ya, tomaos otra a mi salud —me despedí.

—Mucho ánimo, mi chica —me dijo Josh, y me plantó un beso en la mejilla.

—Y, si la cosa se pone fea, llámanos —pidió Alex, que me lanzó un beso desde su asiento.

Asentí con una sonrisa más falsa que mi cazadora de cuero y eché a andar hacia el apartamento.

Lucía no tardó mucho en recoger todo lo que se había dejado en el piso. Yo le había preparado una bolsa con las cosas que había encontrado, pero ella se encargó de coger cada objeto que recordaba haber comprado durante el tiempo que había vivido con Josh y conmigo.

¿Te acuerdas de eso que he comentado de que habíamos tenido una compañera de piso? Exacto, mi exnovia. Tal vez por eso Josh no quería arriesgarse a vivir con Manu todavía.

Yo esperé en el salón mientras ella recorría la casa como si fuera una aspiradora. No dije nada, no vigilé lo que cogía. Me limité a esperar.

Nuestra ruptura había sido una de las más dolorosas que había sufrido nunca. Lucía y yo habíamos aguantado saliendo casi un año antes del desastre. Yo le había hablado acerca de mis ataques de ira, y de lo mucho que me esforzaba por controlarlos. Las sesiones con mi psicóloga iban genial y mi novia parecía apoyarme en todo. La vida era sencilla.

Pero, claro, llegó el DT (día terrible) del que te hablé hace un rato. Aquella noche, cuando llegué a casa después de haber pasado la tarde en comisaría y con el peso de haber mentido a mis jefes al decirles que me había encontrado mal de pronto para que no descubrieran lo que había pasado, me encontré con reproches.

Le parecía increíblemente absurdo que me hubieran puesto una multa. ¿Cómo había podido ser tan tonta?

Por lo visto, Lucía había estado guardándose todo el tiempo que estuvimos saliendo lo ridículo que le parecía que una persona adulta tuviera ataques de ira. Según ella, no me había dicho nada porque me quería, pero en el fondo no comprendía cómo podía gastar dinero en ir al psicólogo cuando podía solucionarlo todo «si me tomara las cosas con calma».

Estarás de acuerdo conmigo en que aquel era el peor día posible para tener esa conversación.

Vacía ya de toda la rabia que me había invadido a lo largo del día, solo pude echarme a llorar y llamar a Josh para que viniera a buscarme. Manu y él iban a dormir juntos en la casa de Manu y me sentía mal por interrumpir su noche romántica, pero no podía quedarme con Lucía.

A la mañana siguiente, cuando volví al apartamento, me encontré una nota en la puerta de la nevera que decía algo así como: «Me he dado cuenta de que somos demasiado diferentes para estar juntas. Me voy del piso, pero quiero recuperar el resto de mis cosas, así que llámame y vendré a por ellas».

Y ahí estábamos.

Ella terminó de recoger sus pertenencias en silencio y volvió al salón.

—Creo que no me dejo nada... He visto una botella de vino que compré hace un mes. Ya la habíamos abierto antes de romper, así que os la dejo.

Vaya, qué detalle.

—Muy bien —asentí—. Adiós, entonces.

—Adiós. Y plantéate lo que te dije: estás haciendo rica a tu psicóloga por una tontería.

Me quedé mirándola, sin entender muy bien a qué venía aquello. Solo se me ocurrió levantarme para abrirle la puerta de la calle.

—Que sí, venga, adiós.

—Te llamaré si me he dejado algo —dijo, y le hice una peineta mientras cerraba la puerta.

Suspiré. Hacía mucho que no me sentía tan bien.

La puerta volvió a abrirse horas después. Estaba viendo una serie, haciendo tiempo hasta que Josh volviera y cenáramos.

—Mary, no te vas a creer lo que nos ha pasado a Manu y a mí hoy.

Fruncí el ceño.

—¿Otro hombre desnudo?

—Casi.

Un maullido anticipó al pequeño gatito blanco y negro que Josh sacó de su abrigo.

—Pero, pero…

Me levanté como una bala y me acerqué a Josh y Manu, que miraban al cachorro como si fuera un tesoro.

—Es diminuto… —Josh me alargó el animal y lo cogí con cuidado. No debía de tener más de dos meses. El gatito sacó las uñas para agarrarse a mis manos cuando me lo acerqué a la cara para verle mejor—. ¿De dónde lo habéis sacado?

—Nos lo ha dado una anciana por la calle.

—¿Es que vais a encontraros a toda la gente rara de Madrid esta semana?

—¡No! —se quejó mi amigo, que alargó las manos para que le devolviera su pequeño regalo—. Nos dijo que su gata había tenido una camada de gatitos y que estaba intentando regalar a las crías. Se esperó a que estuvieran destetados y empezó a buscar dueños.

—¿Y no tenía amigos o vecinos que se quedaran con ellos?

—Claro que sí, pero este era el último que le quedaba. Había salido a la calle para buscar a alguien a la desesperada.

—¿Y cómo es que nadie había querido al gato hasta que la visteis vosotros? —pregunté mientras enarcaba una ceja y sonreía.

—Porque pensaban que estaba loca —respondió Manu con la boca pequeña y ligeramente ruborizado.

—Sois de lo que no hay. —Me eché a reír.

—El caso es que hemos pensado en turnarnos al gatito hasta que vivamos juntos…

—… Cosa que podría solucionarse si os animarais a vivir juntos de una vez…

—… Pasaría dos semanas con cada uno, o tal vez se quede solo en una casa, para que se adapte mejor. Así que ¿te parece bien si empieza por quedarse aquí?

Me quedé mirando al animalito que Josh tenía entre sus manos y que miraba a su alrededor como si el mundo fuera un lugar enorme y aterrador. Razón no le faltaba.

—¿Quién va a limpiarle la arena? ¿Y a hacerse cargo de él y de todo lo que conlleva tener un animal?

—Yo. Bueno, nosotros —matizó, y movió la mano entre Manu y él—. Pero, mientras esté aquí, yo.

—Eso espero, porque no pienso tocar la caja de arena de esta pequeña bolita de pelo —dije, y me acerqué a acariciar la cabeza del gato.

—Así que ¿te parece bien que se quede?

—Claro que sí —respondí, sin saber muy bien si aquel impulso se debía a que necesitaba algo de alegría después de aquellos tiempos difíciles o a que nunca había tenido un gato antes—. Creo que nos vendrá bien tener a un gatito diminuto por aquí.

Diminuto, como acabó llamándose, se adaptó perfectamente bien a la casa. Esa primera noche comió una latita que Josh le había comprado por el camino e hizo sus necesidades en un papel de periódico. Al día siguiente, después de salir del trabajo, Manu y él arrasaron con la tienda de animales más cercana para comprarle a su pequeño toda clase de artilugios y juguetes con los que luego no jugaría. Y una caja de arena, por supuesto.

Los días siguientes fueron una maravilla, viendo cómo Diminuto iba creciendo poco a poco y jugando con él siempre que podíamos.

Pero entonces llegó el momento de pagar el alquiler.

¿Sabes lo mal que se queda la cuenta de una becaria y un fotógrafo *freelance* cuando tienen que pagar un alquiler como el nuestro? Mal. Muy mal.

Esa misma tarde, después de ver que las cuentas no cuadraban y cuando ya empezaba a plantearme que íbamos a tener que buscar otro compañero de piso, Josh llegó con una sonrisa de oreja a oreja.

—Tengo la solución a nuestros problemas.

—¿El dueño ha decidido bajar el alquiler?

—Ojalá. No, no es eso. —Se sentó a mi lado—. El pago

del alquiler ha sido un palazo este mes y coincidirás conmigo en que necesitamos otro compañero de piso para suplir la parte que ponía Lucía.

Asentí.

—¿Se viene Manu con nosotros? Ahora tenéis un hijo en común.

—No cuela. —Josh hizo un gesto con la mano, como si intentara borrar mis palabras de un manotazo—. Pero he encontrado a alguien que necesita apartamento.

—¿Quién?

—Galder.

Me quedé en silencio un momento.

—¿Galder, el tío que te encontraste desnudo en medio de la calle hace una semana? ¿*Ese* Galder?

—Ese —asintió mi amigo con una sonrisa—. Hemos estado hablando estos días y me parece un buen tipo. Es simpático, está buscando trabajo y tiene ahorros para pagar el alquiler.

—Pero ¡si no le conoces de nada!

—Le he visto desnudo y he estado con él en el hospital. Eso es un vínculo mucho más fuerte que hacerle una entrevista para saber si tira de la cadena después de ir al baño.

—No sé si quiero arriesgarme a comprobarlo —murmuré, y me llevé una mano a la frente—. Primero traes al gato y ahora quieres meter en casa a un desconocido. ¿Qué somos, una ONG? Espero que no le hayas dicho nada todavía.

—Lo primero, estás enamorada de Diminuto, así que ese argumento no vale. Lo segundo, cualquier nuevo inquilino sería un desconocido.

—Menos Manu. —Josh me fulminó con la mirada, así que solo me quedó resoplar, rendida—. ¿Y si es un tío raro?

—Pues le damos las gracias y le pedimos que se vaya. Solo se viene a vivir aquí, no nos vamos a casar con él.

—¿Es que ya has hablado con él?

—Le he dicho que te lo iba a comentar.

Así que todo estaba en mis manos.

Entendía que Josh quisiera fiarse de él y era cierto que,

si se mudaba ahora, pagaría el alquiler del mes siguiente al completo. «Quién sabe lo que tardaremos en encontrar a otro compañero de piso que nos cuadre, si no».

—Vale, pero le doy un mes de prueba. Si hace cosas raras o me da mala espina, se larga. ¿De acuerdo?

—Perfecto, se lo diré. Lo del mes de prueba, no lo otro —aclaró—. Le pondré de excusa que tuvimos problemas con la antigua inquilina —comentó mientras se encogía de hombros y sacaba el móvil para llamarle.

En eso tenía que darle la razón.

La tarde siguiente, Galder estaba en la entrada con una maleta pequeña y una mochila. Se le veía enorme en el marco de la puerta, y la sensación que me había invadido hacía unos días en el hospital atacó de nuevo.

El gato y yo le observamos desde el sofá, yo sonriendo lo más amablemente que pude y él sin perder detalle de lo que el nuevo hacía.

En cuanto Galder puso un pie en el interior de la casa, Diminuto le bufó.

Todos nos quedamos helados mirando al gato, que salió corriendo a esconderse a la habitación de Josh, y yo no pude evitar esbozar una sonrisa irónica:

—Bienvenido a casa.

La nueva normalidad

Resultó que Galder no traía demasiadas cosas. Esa maleta y la mochila desgastada (que había encontrado en objetos perdidos en la estación al día siguiente de que le dieran el alta) eran todo el equipaje con el que había salido de Asturias. Por eso no tardó demasiado en instalarse en la habitación que habíamos usado como trastero.

Cuando Lucía vivía con nosotros, ella y yo dormíamos en mi dormitorio y Josh en el suyo. La habitación que quedaba libre era una especie de trastero donde habíamos guardado nuestras maletas, abrigos, zapatos… Así que con la llegada de Galder nos tocó organizar las cosas también a Josh y a mí. Era un engorro volver a tener todo aquello en mi habitación, pero al menos la marcha de Lucía me había dejado una cama de matrimonio con sábanas bonitas para mí sola como consuelo por tener la pared del fondo llena de cajas de zapatos.

La primera noche que pasamos juntos los tres fue bastante incómoda. Al menos para Diminuto y para mí.

Josh revoloteaba de un lado a otro, cocinando algo para cenar y animando a Galder a unirse a la vida del piso, mientras el gato y yo mirábamos la escena desde la distancia del salón.

—A ti también te da escalofríos, ¿eh? —le susurré.

El gatito se limitó a mover la oreja que tenía más cerca de mí, sin perder ojo de lo que Galder y su humano favorito hacían en la cocina.

—No quiero parecer un acoplado —dijo Galder en tono de disculpa—. Sé que no me conocéis de nada realmente, bastante que me ofreciste venir a vivir con vosotros...

—No vas a ser un acoplado —replicó Josh—. Nuestra antigua compañera quedaba con Mary y conmigo casi siempre y no pasaba nada.

—Bueno, ella era mi novia —se me escapó.

Me sentí fatal al ver la expresión de Galder, como si con aquellas palabras hubiera dado la razón a sus reparos para aceptar la oferta de Josh. Solo hizo falta que mi amigo me fulminara con la mirada para levantarme y acercarme a la cocina.

—Pero ya quedaba con nosotros antes —mentí—. Somos un grupo muy majo..., y seguro que te vendrá bien tener a alguien conocido por aquí hasta que te acostumbres a la ciudad —añadí, e intenté que sonara lo más amigable posible.

Entiéndeme, no conocía de nada a aquel chico, y Josh estaba convencido de que podía ser un buen compañero de piso y, al parecer, amigo también. No sabía si pretendía que aquel gigante asturiano ocupara el lugar que Lucía había dejado en la casa, pero desde luego, para mí, las cosas no funcionaban así.

—¡Claro! De hecho... —Josh guardó silencio un momento mientras meditaba lo que estaba a punto de decir—. ¡Pasado mañana es viernes! Les diré a Alex y Ken que se vengan, llamo a Manu y cenamos aquí juntos los seis. ¿Qué te parece? —Se quedó mirando a Galder con expresión expectante—. A menos que tengas otros planes, oye, tampoco quiero...

—¡No, no! Me parece perfecto. —Odiaba reconocer que cuando se ruborizaba estaba muy mono—. *Gracies*, chicos.

—Seguro que lo pasamos bien —dije antes de volver al salón con Diminuto.

O eso esperaba. Desde luego, Josh estaba mucho más convencido que yo de lo fructífera que sería esta nueva amistad.

Aquella noche, durante la cena, a Galder le tocó soportar la sesión de interrogatorio que le tocaba a todo nuevo compañero de piso. Sobre todo, si ese compañero no tenía un trabajo aún.

—¿Has estudiado algo?

—Biología. Siempre me ha intrigado cómo funciona el mundo en el que vivimos, el porqué de algunas cosas que pasan... Me pareció la opción más lógica.

—Ya tenemos algo en común. —Josh sonrió, encantado de que su instinto pareciera acertado una vez más.

—¡Calla, ho! ¿También estudiaste biología?

—Qué va. Odio las ciencias. —Rio—. Yo también quería saber cómo funciona el mundo en el que vivimos, así que estudié filosofía.

Galder soltó una carcajada. Desde mi lado de la mesa, parecían una pareja de amigos salida de un cómic, con lo grande que era uno y lo pequeño y delgado que era el otro.

—¿Y de qué se trabaja si estudias filosofía?

—De nada, por eso hice un módulo de fotografía después. —Josh se encogió de hombros—. De eso se trabaja mejor, aunque no me sobra el dinero para pagar el alquiler... Estoy pensando en buscar trabajo entre semana en algún restaurante.

Fruncí el ceño, preocupada al notar la presión en la voz de mi amigo.

—Pero de momento tienes encargos en el trabajo y te va bien. Y, además, seguro que los restaurantes principalmente buscarán gente para los fines de semana.

—Lo sé, y la mayoría de las sesiones que hago son en fin de semana... —Josh se pasó una mano por la cara—. No lo sé, tengo que darle vueltas. Vamos a hablar de otra cosa.

Los tres guardamos silencio un momento.

—¿De qué trabajas tú? —Cuando alcé la vista de mi plato, vi que Galder me estaba mirando.

¿Sería la luz de los fluorescentes de la cocina o es que no había llegado a fijarme realmente en los ojos del asturiano hasta aquel momento? Eran verdes y rezumaban amabilidad y curiosidad. Y aquella barba de un rubio oscuro contrastaba con ellos de una forma que...

—Tengo un contrato de becaria en una editorial —respondí, y sentí que se me formaba un nudo en la garganta. Carraspeé—. No se cobra mucho, pero espero que me lo renueven para quedarme allí con un contrato normal.

—Ojalá tengas suerte —dijo él. Cuando sonreía se le formaban unos pequeños hoyuelos en las mejillas y me reprendí por darme cuenta justo cuando me estaba mirando.

—Entonces, ¿has pensado qué vas a hacer para no gastar todos tus ahorros en el alquiler? —pregunté mientras desviaba la mirada a otro lado. Diminuto miraba a nuestro nuevo inquilino sin pestañear.

—Me he apuntado a varias ofertas de trabajo. En una farmacéutica, en un laboratorio universitario, en una página de clases particulares... —enumeró—. Me gustaría conseguir trabajo en un laboratorio para poder investigar, pero no sé cómo de fácil está la cosa en Madrid. Así que, bueno, me conformaré con lo que vaya saliendo de momento. Ya iré escalando —concluyó, y volvió a sonreír como si no hubiera roto un plato en su vida.

—¿Por eso te fuiste de Asturias? —inquirió Josh mientras pinchaba la última hoja de lechuga de su plato—. ¿Era difícil encontrar trabajo allí?

La expresión de nuestro nuevo compañero cambió durante apenas un segundo y, si no le hubiera estado observando como si tuviera algún tipo de poder hipnótico sobre el gato y sobre mí, no me habría dado cuenta. Pero ahí estaba. Los hoyuelos se congelaron, se le escapó un parpadeo rápido... Pero lo cubrió todo con una nueva sonrisa.

—Más o menos. Intenté vivir en otros sitios desde que salí de allí, aunque no terminaron de convencerme. Quería alejarme un poco de todo, probar a vivir en un sitio diferente... Y al final pensé: «¿Qué mejor destino que la capital?».

No se me escapó que el tema de conversación cambió rápidamente tras aquella pregunta, pero me quedé tan intrigada por lo que le habría hecho marcharse de Asturias que, sinceramente, no recuerdo de lo que hablamos después.

Los dos días siguientes fueron más tranquilos que el primero. Galder había terminado de deshacer las maletas, estaba inmerso en la búsqueda de un nuevo trabajo, y Josh y yo seguimos con nuestras vidas con la tranquilidad de saber que ese mes seríamos uno más para pagar el alquiler.

Yo me fui adaptando a la nueva normalidad algo mejor que Diminuto. El pobre animal, que seguía siendo tan pequeño como su nombre indicaba, se las apañaba para subirse al respaldo del sofá cada vez que Galder estaba cerca para vigilarle. Y, si se olvidaba algo en otra habitación y salía corriendo a por ello, el gato se escondía debajo de los cojines. Si se dejaba el abrigo o una sudadera en alguna zona común, Diminuto se acercaba a olisquearla.

Para el final de esa primera semana había dejado de bufarle cada vez que le veía, pero seguía sin estar cómodo en su presencia.

—Se acabará acostumbrando —dijo Josh ese viernes, mientras preparaba las bebidas para la noche—. Es muy bebé todavía, pero seguro que deja de ser tan asustadizo.

—A mí me da pena —comenté mientras echaba patatas en un bol.

—¿El qué?

Josh y yo nos giramos a la vez al oír la voz de Galder.

—Que el piso no sea más grande —improvisó Josh—. Así estaríamos más cómodos esta noche.

—¿Seremos… seis?

Asentí, y caí en la cuenta de que Galder y yo seríamos los únicos que no éramos pareja. Viva.

Menos de media hora después, el timbre sonó. Dejé a mis compañeros en la cocina, terminando de llevar al salón lo que habíamos preparado, y fui a abrir.

—¡Hola a todos! —gritó Alex, y me abrazó con la mano en la que no llevaba una caja de cervezas artesanales—. Te he traído sin alcohol a ti también. No te libras.

¿Te había dicho ya que no bebo alcohol?

Verás, siempre he sido una persona muy pasional. O

33

eso me decía todo el mundo. En mi adolescencia, con el divorcio de mis padres y las burlas en el colegio por mi físico, acabé desarrollando una única manera de lidiar con mi frustración, y fue a través del enfado, la rabia y, a veces, la violencia. Siempre contra objetos, nunca contra personas, prometido.

Tras ir al psicólogo durante mi adolescencia y con la entrada en la vida adulta, todo parecía en calma dentro de mi cerebro. Llevaba años yendo a ver a una nueva psicóloga una vez a la semana, de hecho, porque me parece algo que nunca está de más, pero, después de lo que pasó en el DT, me empecé a preocupar. No sabía si aquello significaba que había dado un paso atrás, y poder hablarlo con ella fue de lo más liberador.

Dedicamos varias sesiones a hablar del tema, porque quería asegurarse de que no se había equivocado en un principio, pero finalmente descartó que tuviera lo que se conoce como trastorno explosivo intermitente. Yo no había oído hablar de él hasta ese momento, pero me alegré de no tener que lidiar con nada más de lo que me toca.

El caso es que mi psicóloga me dijo que, a pesar de no tenerlo, tenía que buscar una forma de controlar mis ataques de ira y, además, evitarlos. ¿Y cómo? Pues, aparte de con trucos que me van saliendo cada vez mejor y que ya conocía de mi adolescencia, evitando beber alcohol y yendo a clases de yoga de vez en cuando para liberar tensiones un poco.

Así que llevo un tiempo ya sin probar una gota de alcohol y la verdad es que no me está yendo tan mal como esperaba. A ver, no es que bebiera todos los días, pero siempre que quedaba con Josh y Alex bebía tercios, por ejemplo. Y, como tengo la suerte de ver muy a menudo a mis amigos, eso se traducía en beber todas las semanas.

Ya estaba acostumbrada al sabor de la cerveza sin alcohol y tenía la suerte de tener unos amigos que me apoyaban en mis decisiones.

—Así que ya eres libre, ¿eh? —Ekene me saludó con un abrazo desde su metro ochenta de altura—. Alex me ha dicho que en el trabajo no llegaron a enterarse, así que no habrá problemas, ¿verdad?

—Se supone —respondí mientras le daba un beso en la mejilla y cruzaba los dedos.

Después de los correspondientes cariñitos a Diminuto, Alex y Ekene se fijaron en la presencia de nuestro nuevo compañero de piso.

—Encantado —dijo él, que se adelantó a saludar—. Soy Galder.

—El hombre desnudo —se le escapó a Alex, que se llevó una mano a los labios nada más pronunciar aquellas palabras. El color de la cara del asturiano se volvió de un rojo casi tan intenso como el de la camisa de Ekene.

—¡Perdona!

—Qué bocazas eres, maja —soltó Josh, resoplando—. Lo siento, Galder, pero fuiste el tema de conversación durante varias tardes. Uno no se encuentra a una persona desnuda en la calle todos los días.

La cara de Galder era un poema.

—No, si lo entiendo…

—Tranquilo, que no nos dio ningún detalle privado —dije para intentar calmar las cosas. Tardé varios segundos en darme cuenta de que eso no había sonado tan tranquilizador como esperaba—. Creo que voy a llamar a Manu, a ver cómo va…

Aquella noche resultó ser más divertida de lo que había imaginado.

Ekene nos contó que le habían metido en un nuevo departamento en su trabajo y que sus nuevos compañeros parecían majos por el momento; Alex nos puso al día de sus avances con el doctorado (su intención era dar clases de filosofía en la universidad, así que compaginaba sus estudios con un trabajo a media jornada en una tienda de ropa para poder pagarlo), y Manu, por su parte, nos amenizó la noche con un montón de anécdotas de sus alumnos del instituto…

Además, creo que Josh cumplió su objetivo de hacer sentir a Galder cómodo con el grupo. Así se le veía al menos cuando no le pillaba mirándome de reojo.

La sensación cada vez que nuestras miradas se encontraban era la misma: ese primer escalofrío que me acompañaba siempre que estaba cerca, un latido un poco más fuerte que el anterior y una vocecita dentro de mi cabeza que me llamaba idiota.

Olor a perro mojado

Pensé que iba a costarme menos acostumbrarme a vivir con alguien nuevo. Cuando Lucía se había mudado con Josh y conmigo, no había tardado mucho en hacerme a la nueva presencia en la casa. También es verdad que dormíamos en la misma cama y pasábamos casi todo el tiempo juntas, pero la presencia de Galder en el piso me tenía casi tan desconcertada como a Diminuto.

Tardé varios días en sentirme lo suficientemente cómoda para estar en el sofá en pijama, por ejemplo. No sabía cuáles eran sus rutinas ni si esperarle para cenar. Tampoco sabía si tenía intención de compartir la comida con nosotros o si iría por libre.

Y las primeras veces que tuve que ducharme... ¡Cómo eché de menos que hubiera un pestillo! Creo que es algo que deberíamos haber pensado antes de que se mudara, porque me resultaba violento proponerles el poner uno estando Galder ya instalado.

El gato, por su parte, fue consintiendo estar en la misma habitación que él sin erizar el lomo ni empezar a bufar. Galder no intentaba acariciarle, ni le miraba apenas, y creo que el gato lo agradecía. En un momento dado, de hecho, me pareció que se fulminaban con la mirada mutuamente, pero era tarde, así que lo achaqué al cansancio. Ahora, claro, sé que no eran imaginaciones mías.

Unos días después de que nuestro nuevo inquilino se hubiera instalado, llegó el momento de ir a hacer la compra. Josh se había marchado aquella tarde soltando sapos y culebras por la boca, diciendo que el cepillo que teníamos en la casa no valía para nada porque el suelo estaba siempre lleno de pelusas.

—¿Se me caerá el pelo?

—A lo mejor es de Diminuto —había aventurado mientras me encogía de hombros—. Es un gato, al fin y al cabo.

—Los pelos de Diminuto se ven a la legua: son blancos. Mira, no sé de qué será, pero, cuando vayas esta tarde al súper, compra otro, por favor.

—¿No vas a acompañarme? Que luego vuelvo cargada.

—Tengo una entrevista para un trabajo a media jornada en un restaurante. —No me había fijado en lo arreglado que iba hasta que le vi ponerse la chaqueta—. Necesitan gente solo para unos meses, porque uno de los camareros está de baja, pero me vale de momento.

Sabiendo que un trabajo era más importante que cargar bolsas, le deseé buena suerte y me puse a hacer la lista de la compra. Josh se merecía un buen puesto de trabajo con un buen horario, y había estudiado para ello, pero... a veces hay que hacer cosas que no queremos para poder pagar el alquiler.

Estaba en la cocina, asomada a la nevera para asegurarme de que no se me olvidaba nada, cuando la voz de Galder me habló desde lo alto de la puerta.

—¿Qué haces?

—¡Joder, qué susto! ¿Por qué no haces ruido al andar? —Él se había quedado en silencio, mirándome con los ojos como platos, y había intentado disculparse—. Es igual, perdona. Es que me has asustado.

—Lo siento.

Maldita cara de perrito abandonado.

—Estoy haciendo la lista de la compra —dije, y devolví la mirada a los estantes medio vacíos—. Josh y yo compramos a medias. Por eso compartimos la comida y cenamos juntos...

—Le miré—. Sé que estos días has estado cenando con nosotros, pero no sé si esa era tu idea inicial o prefieres hacer las cosas más a tu aire. No te sientas obligado.

—La verdad es que me lo paso bien cenando con vosotros. —Sonrió—. Estando lejos de mi familia y mis amigos y pasándome el día en páginas de búsqueda de empleo... Es mi único momento de normalidad en todo el día.

—Lo entiendo. —Cerré la nevera y me puse a buscar en los armarios. No me fiaba de él y de los escalofríos que me recorrían cuando le veía. No estaba cómoda con un desconocido en casa. Entonces, ¿por qué las comisuras de los labios amenazaban con tirar hasta obligarme a sonreír?—. Entonces, ¿quieres comprar a medias con Josh y conmigo también? Podemos dividirnos los días para cocinar, o, bueno, a veces cocinamos juntos. —«No te pongas nerviosa. Es solo el nuevo compañero de piso».

—Me parece estupendo. —Volvió a sonreír y esta vez se me contagió la sonrisa—. ¿Vas a ir ahora a comprar? Si quieres te acompaño.

Y así, menos de diez minutos después, salimos cargados con bolsas para comprar y desafiando a las nubes negras que se acercaban desde el horizonte.

—Si tardamos poco, quizá no nos pillen —había dicho él. A mí el plan de estar poco tiempo con él haciendo la compra me parecía perfecto, así que no puse objeciones.

Ir juntos por la calle se me hizo un poco extraño. Como cuando tienes una cita con alguien, acabáis de encontraros y vais andando al bar uno al lado del otro, ¿sabes? Que no sabes qué decir y no paras de pensar en qué aspecto tendréis los dos caminando el uno al lado del otro por la calle.

Yo no quería pensar en eso, la verdad, pero cada vez que le miraba de reojo para encontrarme solo con su pecho me imaginaba la estampa que debíamos dar. ¿Cómo podía parecerme un tío tan enorme si yo nunca me había considerado bajita? ¡Que me tocaba ponerme atrás en las fotos del colegio!

Estaba empezando a caer en un remolino de pensamientos inconexos, así que agradecí que Galder rompiera el hielo.

—Me cayeron muy bien vuestros amigos —soltó—. Ya conocía a Manu del hospital, pero Alex y Ekene me parecieron muy simpáticos.

—Lo son —asentí con una sonrisa.

—¿Cuánto llevan saliendo?

—Desde tercero de carrera, creo. Así que... cinco años.

Ekene estudiaba informática, pero iba de oyente a clases de filosofía de vez en cuando. Fue conocer a Alex y aficionarse mucho más, claro...

Galder se rio.

—Se les ve muy unidos, desde luego.

—Si te digo la verdad, no he visto una pareja más enamorada..., nunca, creo.

—¿Ni siquiera tus padres?

Siseé como si mi acompañante acabara de pincharme con un alfiler.

—Mis padres se divorciaron cuando tenía trece años, y ni siquiera cuando su matrimonio iba bien estaban tan unidos como Alex y Ken. O como Manu y Josh, y eso que llevan menos tiempo juntos.

Se llevó una mano a la frente y suspiró.

—Perdona, no quería...

—Tranquilo, fue hace mucho tiempo. —Sonreí—. No pasa nada.

Su curiosidad, que en realidad me recordaba bastante a la mía, volvió a la carga menos de medio minuto después.

—¿Fue difícil de llevar?

Le miré un momento, en silencio. No esperaba estar hablando de esos temas con él, desde luego.

—Un poco —respondí finalmente—. A mi hermano le pilló con nueve, así que lo pasó peor, pero a mí lo único que me provocó fue ser una adolescente insoportable hasta que se me pasó la pena. No era muy buena expresando mis sentimientos, ¿sabes? —No supe identificar la expresión con la que me miró—. Supongo que ahora tampoco soy un libro abierto.

Galder se rio y levantó las manos en un gesto de rendición.

—Digamos que quizá, este rato juntos me ayude a entenderte un poco mejor. Josh y yo hablamos mucho, pero no sé casi nada de ti.

«Tampoco hace falta», pensé, pero en su lugar dije:

—Pues, si intentas deducir algo por la relación de mis padres, te diré que ahora se llevan bien y que su divorcio no me impidió confiar en las relaciones ni nada por el estilo. —Sonreí—. Se divorciaron porque ya no se querían, pero no hubo nada traumático en la separación. Mi padre se quedó en Madrid unos años, pero volvió a Ecuador para ampliar allí la empresa que había montado y para estar con su familia, y mi madre nos hizo mudarnos a Barcelona cuando volvió a encontrar el amor. Ahora cada uno tiene una pareja nueva y mi hermano y yo comemos el doble en las fiestas: todos salimos ganando.

Galder me miró sorprendido y soltó otra carcajada.

—Me gusta tu forma de verlo.

—¿Y cómo es tu familia? —pregunté, para intentar ocultar la sonrisa que se me había escapado—. ¿Algún oscuro secreto que quieras compartir con la audiencia?

Galder se atragantó en medio de la risa, carraspeó y retomó el paso normal.

—Ninguno —dijo (aunque ahora sé que mintió. ¿Ningún secreto oscuro? Ya, claro)—. Nací y crecí en Asturias, en el mismo pueblo en el que se habían casado mis padres. Mi padre es del País Vasco, y fue allí donde se conocieron un verano, en las fiestas de su pueblo —empezó—. Se enamoraron, mi madre le convenció para mudarse a Asturias y siguen juntos y felices desde entonces, hasta donde sé. Y, bueno, nos tuvieron a mis seis hermanas y a mí, así que todo bien.

Paré en seco, sorprendida.

—¿Seis hermanas? —exclamé con los ojos muy abiertos.

—Allí hace frío en invierno, así que mis padres tenían que buscar formas de calentarse —bromeó. Me eché a reír, pero no logré quitar la cara de sorpresa—. Al principio querían tener dos o tres guajes solo, pero, después de tener a Sabiñe, les tocó un pequeño pellizco en la lotería, así que decidieron mudarse a una casa más grande y empezar a hacer negocio de la ganadería y las tierras que había alrededor. Al final, con la excusa de que ya no tendrían problemas económicos para cuidar a más hijos, ampliaron la familia.

—Así que familia numerosa, ¿eh? —dije—. Seguramente tu infancia fue como una película de Navidad.

Galder se rio y me miró de reojo.

—¿Quieres echarle más sal a la historia? —preguntó, y asentí con una sonrisa—. Yo fui una sorpresa, por lo visto.

—Se encogió de hombros—. Mis hermanas Naia y Maite, que son gemelas, me sacan cuatro años, y habían decidido que ellas serían las últimas pero... ¡Sorpresa! —dijo, y levantó los brazos.

Los dos nos echamos a reír e hizo falta que me chocara con un anciano que salía cargado de bolsas para darme cuenta de que habíamos llegado al supermercado.

Una vez dentro, recorrimos los pasillos y cogimos todo lo que habíamos apuntado. Siempre me dividía la lista con Josh para tardar menos, y había planeado hacer lo mismo con Galder, pero, una vez en el súper..., decidí guardarme esa información.

La última parada de la tarde fue la carnicería. Yo había ido derecha a las bandejas, como siempre, pero él me había convencido de comprarla allí mejor.

—Así vemos lo que vamos a comer realmente —dijo, muy convencido—. Solo dime lo que hay que comprar y yo me encargo.

De modo que ahí estaba, a su lado, mientras esperaba a que llegara nuestro turno, cuando vi que empezaba a dar golpecitos en el suelo con el pie.

—¿Estás bien? ¿Tienes que ir al baño?

—¿Qué? No, estoy bien.

Me lo quedé mirando mientras seguía concentrado en la carne y vi que las aletas de su nariz se hinchaban. ¿Estaba intentando olerla? No podía ser.

Me acerqué un poco más a él para comprobarlo.

—¿Y si te vas acercando a la fila? Así adelantamos —soltó, como si estuviera a punto de saltar sobre el mostrador.

—No hay prisa —respondí, e intenté que me mirara.

—Pero ¿y si se pone a llover? Mejor prevenir —añadió mientras me miraba de reojo e intentaba aparentar normalidad.

Se me escapó una risa por lo bajo al ver que se inclinaba ligeramente hacia el lado contrario de donde estaba yo.

—¿Qué pasa?

—Si no fuera porque sé que es imposible, diría que estás intentando que mi olor no te impida oler la carne, ¡como si así fueras a saber mejor qué comprar! —Volví a reírme con ganas—. Anda, te espero en la fila.

Media hora y un chaparrón de agua después, estábamos en casa. Nos quitamos los abrigos empapados y nos pusimos a guardar la comida antes de ir a secarnos para que lo que necesitaba frío no se echara a perder.

En ello estábamos cuando Josh entró por la puerta con los brazos abiertos.

—¡Me han cogido! —gritó, y se paró en seco antes de cerrar la puerta—. ¿Por qué huele a perro mojado?

Liberar tensiones

Tras una noche de celebración en la que comimos *pizza* y brindamos a la salud de Josh, empecé a sentir cómo, sin darme cuenta, iba bajando barreras poco a poco en presencia de Galder.

Era cierto que ni el gato ni yo terminábamos de estar cómodos con él en casa, pero, en realidad, ¿qué sabía él? Tenía menos de tres meses de vida. ¿Y yo? ¿La inestable becaria que acababa de salir de una relación? Mejor ni preguntarme.

A la mañana siguiente, por ejemplo, calenté su taza de leche a la vez que la mía cuando le oí levantarse para una entrevista de trabajo. Hasta entonces me había dedicado a huir con mi taza al sofá y a pretender estar tan dormida que ni le había oído, pero aquella mañana no me apetecía huir de él.

Me senté en la mesa de la cocina y removí mi café perezosamente. Me alegraba haber vuelto a mi horario normal de trabajo, pero eso no disminuía la pereza que me daba el pensar en las tareas que tenía por delante cada día.

Estaba aprendiendo mucho de mi experiencia en la editorial, y algo me decía que podría quedarme a trabajar con ellos después de mis prácticas. ¡Sería estupendo! En parte, sobre todo, porque así me ahorraría la incómoda etapa de buscar trabajo sin obtener respuestas por parte de las empresas o con largos procesos que a veces no llevaban a nada.

«Solo tengo que seguir trabajando duro estos meses y conseguiré quedarme.»

Cuando di el último sorbo, me fijé en que la taza de Galder se había enfriado ya. ¿No había ido al baño? ¿Estaría bien? Recogí mi desayuno, preocupada por si se había quedado dormido en el baño (me había pasado alguna vez), y fui a llamar a la puerta.

—¿Galder? ¿Estás bien?

—¡Sí! ¡Un momento!

—Nada, no te preocupes, era solo por si…

En ese momento, Galder abrió la puerta y vi por qué me había pedido que esperara un momento. Estaba completamente empapado, con el pelo goteando frente a sus ojos y una toalla rodeando su cintura. Me quedé tan sorprendida que ni siquiera me fijé en si esa toalla era suya o mía.

—¿Pasaba algo? —preguntó mientras cogía otra toalla y se secaba el pelo con movimientos enérgicos.

El calor que salía del cuarto de baño hizo juego con mis mejillas.

—No, nada. Es que te he oído venir al baño y sé que tienes una entrevista. Solo me aseguraba de que estaba todo bien.

«No mires abajo, no mires abajo.»

Galder sonrió. El aspecto que tenía recién salido de la ducha, junto con el aro que le colgaba del lóbulo izquierdo, me hicieron pensar en un pirata y me recordó a la época en la que estuve enamorada de Orlando Bloom.

—*Gracies* por preocuparte, pero madrugué un poco más para poder ducharme con calma. ¡Voy bien de tiempo!

Asentí lentamente un par de veces al tiempo que daba un paso para atrás, y me maldije a mí misma cuando mis ojos aprovecharon que mi cabeza bajaba para fijarme en su pecho y su abdomen.

«Madre mía, sí que está fuerte. No lo parece con las camisetas anchas que lleva… ¡Y tiene mogollón de pelo!»

—Me voy a vestir. Tienes la leche en el microondas, y yo, bueno, tengo prisa.

Salí pitando hacia mi habitación sin esperar respuesta.

Me costó más de lo normal concentrarme aquella mañana. Cada vez que cerraba los ojos veía mechones de pelo de color miel goteando frente a unos ojos verdes. Cuando buscaba imágenes de *stock* para portadas, comparaba los abdominales de los modelos con los que acababa de ver aquella mañana.

Mis hormonas tenían una fiesta montada a la que no se habían molestado en invitar a mi cerebro y yo estaba en medio de todo eso intentando trabajar.

Cuando me llegó un mensaje de Josh poco después de la hora de la comida en el que me decía que iba a ir al cine con Manu aquella tarde, mis hormonas volvieron a celebrar y yo estuve tentada de buscar cualquier plan que me permitiera huir del piso.

«Y todo por no estar a solas con él. ¿Es que vuelvo a tener quince años? —me pregunté de vuelta a casa—. No, Mary, acabas de salir de una relación y es perfectamente normal que te hayas fijado en el cuerpo de Galder. Tal vez necesitas liberar tensiones. Pero no con él.»

Así, en una lucha sin sentido entre mis hormonas y mi cerebro, entré en el piso y encontré al asturiano viendo la televisión tranquilamente en el sofá.

—¿Y Diminuto? —pregunté, aunque evité mirarle demasiado.

—Ni idea. No le caigo muy bien.

Decidí que una buena manera de mentalizarme para pasar con él aquella noche a solas era perder tiempo buscando al gatito por nuestro no tan grande apartamento, así que recorrí todas las habitaciones mientras llamaba al gato por su nombre. Dejé la de Josh para el final a propósito porque sabía que, efectivamente, el gato estaría allí.

—¿Qué te pasa, pequeño?

Me agaché para verle mejor. Estaba hecho una bolita debajo de la cama de Josh.

—Tienes que acostumbrarte a Galder tarde o temprano —susurré—. A mí también me toca, así que no me dejes sola en esto.

Diminuto se limitó a cambiar de posición para darme la espalda y no tuve más remedio que dejarlo tranquilo. «Ojalá yo pudiera hacerme una bolita debajo de la cama.»

Quiero ser sincera, así que no voy a fingir y a decir que afronté la tarde que me esperaba a solas con Galder de frente, como una valiente. No. Me pasé las siguientes dos horas recogiendo y limpiando mi habitación. Quedó como los chorros del oro.

También me sirvió para encontrar algunas cosas de Lucía que debió de haber olvidado cuando vino a por sus cosas, así que me di el gusto de meterlas todas en una caja y enviarle un mensaje de texto. «He encontrado más cosas tuyas. En una hora las dejaré en la puerta del portal. Si vienes a por ellas, genial. Si no, también.»

Me respondió diciendo que vendría y yo le advertí de que mi mensaje no significaba que tuviera intención de hablar más o de que subiera al piso cuando recogiera sus cosas. Antes de que dijera nada más, bloqueé su número y me puse una alarma para que sonara en cincuenta y cinco minutos. Lo último que quería era encontrármela en el portal.

Cuando subí de la calle, con las manos vacías y sin nada más que hacer para evitar pasar el rato con Galder, me senté a su lado en el sofá.

—¿Cómo ha ido la entrevista?

Él levantó la vista del libro que estaba leyendo, lo dejó a un lado y sonrió.

—¡Creo que no fue mal! Me pareció que encajaba en el perfil que buscaban en la farmacéutica, así que espero tener suerte. —*Spoiler*: no la tuvo, pero un tiempo después acusaron a esa farmacéutica de varios delitos contra los derechos laborales de sus empleados, así que tampoco está tan mal que no consiguiera el trabajo.

—Ojalá que sí. No debe de ser cómodo vivir de tus ahorros y con esa incertidumbre.

—No mucho. —Soltó una carcajada—. Pero espero encontrar trabajo pronto. ¿Tú qué tal en la editorial?

—Bastante bien, creo. El trabajo me gusta, la mayoría de

mis compañeros son simpáticos y con un poco de suerte me harán un contrato de verdad cuando se me acabe el de becaria.

—Así que a los dos nos vendría bien un poco de suerte embotellada, ¿eh?

—No me extraña que le caigas tan bien a Manu: él también es un friki.

Nos reímos y durante un instante sentí que volvía a estar cómoda con él, como cuando fuimos a comprar. Pero entonces rompió el silencio en el que nos habíamos quedado para tocar un tema delicado:

—¿Qué llevabas en la caja que has bajado? ¿Basura? Quería preguntaros dónde echar el papel y el cartón para reciclar yo también.

Podría haberle mentido. Podría haberle dado indicaciones sobre los cubos de basura y haber fingido ser la persona más ecológica del piso, pero no lo hice.

—En realidad eran cosas de mi ex. Las he encontrado haciendo limpieza y las he dejado en el portal por si quería venir a por ellas.

Galder siseó.

—Perdona, no quería meterme donde no me llaman.

Me encogí de hombros.

—Da igual. La verdad es que lo estoy llevando mejor de lo que esperaba, así que no has metido tanto la pata.

—Mejor. ¿La ruptura fue muy difícil? A mí no se me dan bien.

Y entonces, contra todo pronóstico, decidí contarle la historia de mi DT. Y, de ahí, mis problemas con el control de la ira. No sé muy bien por qué lo hice, pero me sentía con ganas de compartir más de mí con él. En parte también creo que estaba esperando que se asustara y se marchara del piso, porque me daba miedo que me hubiera gustado tanto lo que había visto aquella mañana. Mis hormonas revolucionadas dejaban a los escalofríos a la altura del betún.

—El trabajo que he estado haciendo con la psicóloga todos estos años me ha servido mucho, la verdad. Hay veces que es increíble lo que la ayuda externa puede hacer por nosotros.

Una sombra cruzó su cara. Fue un instante, como si un recuerdo doloroso le hubiera venido a la memoria, pero lo disimuló tan rápido que temí habérmelo imaginado.

—Desde luego —coincidió—. Me alegra que lo lleves mejor. Si necesitas algo, no tienes más que decirlo.

Sabía que era lo que se solía decir, pero esperé sinceramente que no lo dijera solo por quedar bien.

¿Qué mosca le ha picado?

La convivencia empezó a ser mucho más cómoda para mí tras aquellos días con Galder. No me incomodaba quedarme con él sola, me reía al ver cómo Diminuto y él medían las fuerzas por el territorio, y hasta me fie de que preparara la cena un día. Parecía que podíamos llevarnos bien y que los evidentes intentos del chico por agradarnos a Josh y a mí estaban dando resultado por fin.

Supongo que por eso no me esperaba lo irritable que se puso un día tras casi tres semanas viviendo juntos.

Era jueves y Josh y yo habíamos salido temprano por la mañana para ir a trabajar. Como Galder aún estaba buscando trabajo, se quedó en casa, como siempre, y, cuando volví a la hora de comer, le encontré limpiando todas y cada una de las superficies de la casa como si le hubiera poseído el espíritu de Don Limpio.

—¿Ha pasado algo? —pregunté, y arrugué la nariz ante el asalto de los productos de limpieza a mi pituitaria.

—¿Qué? —Galder levantó la cabeza de la encimera, pero pareció no verme antes de volver a centrarse en lo suyo—. No. ¿Por qué?

—Porque has limpiado toda la casa…

Se detuvo un momento, como si no se hubiera dado cuenta hasta que lo había dicho.

—Es que... Había un olor muy fuerte por algún sitio esta mañana —se quejó—. Primero pensé que era el café que te preparaste, pero seguía oliendo algo después de limpiar la cafetera.

—No hacía falta que limpiaras...

—Así que decidí darle una vuelta a todo —me interrumpió, y volvió a centrarse en la encimera—. Ahora solo huelo la lejía, así que creo que la situación ha mejorado.

Esbozó una media sonrisa antes de seguir frotando la encimera como si quisiera quitarle el color. Así que eso era mejor que el extraño olor que solo él podía oler.

—Si tú lo dices... —susurré antes de dirigirme a mi cuarto.

Me pareció oírle gruñir algo, pero prefería encerrarme en el único sitio de la casa que no olía a hospital. ¿Qué mosca le había picado?

Varias horas después, cuando Josh llegó, me aventuré fuera de mi cuarto de nuevo.

Galder se había metido en su habitación, así que pude hablar con Josh acerca de la locura higiénica que le había dado a nuestro nuevo compañero de piso. Cuando pensaba que mis recelos y mi desconfianza eran una paranoia mía, le daba por limpiarlo todo como un maníaco.

—¿Tú entiendes algo de esto? —pregunté mientras abarcaba las superficies brillantes que el asturiano había dejado a su paso.

—No, pero me parece perfecto. —Mi amigo sonrió—. A la casa le hacía falta una buena limpieza.

—¿Con lejía? Eso usan en las series cuando quieren limpiar la sangre después de un asesinato. —Josh me miró con los ojos como platos, como si me hubiera vuelto loca—. Está muy raro, te lo digo yo.

—Bueno, todos tenemos nuestros días. —Josh se limitó a encogerse de hombros y yo tuve que morderme la lengua para no gritar. ¿Es que no veía raro que Galder hubiera limpiado absolutamente todas las zonas comunes de la casa porque «algo olía fuerte»?—. Por cierto, ¿dónde está Diminuto?

—Ni idea, llevo toda la tarde en mi cuarto.

Mi amigo se puso a llamar a su gato, y probó agitando el cuenco de comida cuando el animal le ignoró. Al final le tocó tirarse al suelo de su cuarto para comprobar que, efectivamente, Diminuto estaba escondido debajo de la cama.

Me pareció oírle intentando convencer al gato para salir, y luego probar a estirarse para sacarlo, pero estaba claro que el animal no estaba por la labor.

—Déjale en paz —grité desde el salón. A lo mejor él también tenía el día raro.

Josh no tardó en rendirse y venir al salón conmigo.

—¿Crees que la lejía le huele muy fuerte y por eso no quiere salir? —me preguntó en un susurro.

—A lo mejor —respondí usando el mismo volumen—. Igual deberíamos preguntarle a Galder si está bien, o pedirle que use otras cosas para limpiar...

—Vamos a probar. ¡Galder! ¿Puedes venir?

—¡No sabía que pensabas hacerlo ahora!

Nuestro nuevo compañero de piso salió del cuarto con el ceño fruncido, como si acabáramos de despertarle de la siesta, y gruñó algo así como: «¿Qué pasa?».

—Mary y yo estábamos hablando de la limpieza que le has dado al piso y que, no vamos a mentir, le hacía falta, pero... Oye, ¿te encuentras bien? Estás blanco.

Josh intentó acercarse para tocarle la frente, pero Galder se apartó de golpe. No sé cuál de los tres se sorprendió más de su reacción, pero nos quedamos un momento sin saber qué decir.

En ese momento, empezó a sonar una alarma en el móvil de Galder y se le desencajó la mandíbula, como si acabara de darse cuenta de algo. Pasó a nuestro lado como si no estuviéramos, se asomó a la ventana y soltó un taco.

Entró como un rayo en su habitación y salió unos minutos después con una mochila y el abrigo puesto.

—Voy a pasar la noche fuera, tengo cosas que hacer. Así

que… nos vemos mañana —dijo, y salió por la puerta dejándonos a Josh y a mí aún más confundidos que antes.

Miré a mi amigo con el ceño fruncido.

—¿Ves como le pasaba algo?

—¡A lo mejor es verdad que tenía que hacer algo! Habría quedado y se le ha olvidado o algo.

—¿Y el ataque de limpieza?

—Igual estaba nervioso por el plan de esta noche y necesitaba limpiar para desestresarse. A mucha gente le pasa —le defendió.

Me quedé mirándole un momento.

—¿Es que sabes algo? ¿Tenía una cita? —pregunté, y fingí que no me había costado un poco hacer aquella pregunta.

—¡Solo son suposiciones! Además, es jueves, ¿quién tendría una cita en…? ¡Mierda!

Ahora fue el turno de Josh de salir corriendo hacia su cuarto.

—¿Habías quedado con Manu?

—¡No! ¡Tenía cita con el médico para renovar la receta de las hormonas! —Se paró un momento para mirar el móvil—. Las ocho. Bueno, tengo cinco minutos para llegar.

—Pues está bastante lejos, así que tira —le apremié.

No le hizo falta más para salir corriendo.

Al verme sola en casa, decidí ponerme una serie y apropiarme del salón para quitarme un poco de la cabeza la sensación de que algo no estaba bien.

Ni siquiera había elegido qué ver cuando Diminuto apareció a mi lado y se acurrucó entre el sofá y yo. Le acaricié distraídamente mientras barajaba mis opciones y sentí que el animal temblaba bajo mi mano.

—¿Estás bien, pequeño? —Me acomodé para que pudiera apoyarse bien sobre mí y no pude evitar desviar la vista hacia la habitación de Galder.

Esperaba por su bien que lo que fuera que hubiera asustado a Diminuto no tuviera nada que ver con él.

Un gruñido a mi espalda

Para cuando Josh volvió aquella noche, Diminuto se había recuperado y los tres amanecimos al día siguiente en medio de la nube de lejía, pero más tranquilos.

Galder no había vuelto en toda la noche, como ya había avisado, y aún no había regresado cuando salí de casa para ir a trabajar. Intenté distraerme escuchando música y leyendo de camino a la editorial, pero no pude evitar pasar todo el trayecto dando vueltas al día anterior. Galder se había comportado de forma muy extraña y la reacción de Diminuto cuando nos quedamos solos no me había dejado tranquila en absoluto.

No quería pensar que los escalofríos que me daban cada vez que le miraba podían tener algo que ver con todo eso, porque supondría asumir que habíamos metido en casa a un bicho raro. No como esa gente que prefiere no hablarte si llevas ropa amarilla, o que no se lava las manos antes de salir del baño. No. Raro de verdad.

—¡Buenos días!

La voz de Verónica me sacó del torbellino de pensamientos cuando entré en la oficina.

Verónica era lectora editorial y mi salvavidas cuando estaba perdida en alguna reunión. También había entrado como becaria, pero había tenido la suerte de que le hicieran un contrato fijo unos años atrás. Ella había pensado que esas cosas solo pasaban si tenías contactos, pero su estadía como becaria coincidió con una época de bonanza para la editorial y fue ella quien leyó el manuscrito más vendido de aquel año y se lo pasó a su editora. Una cadena de coincidencias unidas al trabajo bien hecho habían dado como resultado que se quedara en la empresa... Y yo esperaba que eso mismo me pasara a mí.

—Hola —saludé al tiempo que dejaba mi abrigo en el perchero—. ¿Qué tal?

—Mejor que tú. Tienes cara de haber dormido poco.

«Pues sí que funciona el maquillaje corrector.»

—Bueno, podía haber sido peor. —Sonreí para tratar de quitarle hierro al asunto—. Pero ¡ya es viernes!

—Eso siempre sube la moral. Y, hablando de viernes: he pensado que podíamos ir las chicas a tomar algo después del trabajo, ¿te apuntas? Ya se lo he dicho a Lily y a Silvia.

Asentí antes incluso de pensar en si ya tenía planes. Cualquier cosa con tal de retrasar el volver al templo de la lejía.

—Por mí perfecto.

—Genial. —Sacó el móvil y empezó a buscar una aplicación—. Voy a reservar en un sitio donde cené hace poco, que está genial, y luego vamos a tomar algo. ¿Te parece?

—Mientras no sea comida picante, lo que sea.

Se rio al recordar la última vez que habíamos comido fuera y se les había ocurrido pedir salsa picante en un restaurante mexicano.

—Hecho. Y avisa a tu amiga Alex si quieres, ¡cuantas más, mejor!

Alex había conocido a mis compañeras de trabajo en la cena de Navidad del año anterior. La empresa había montado una pequeña fiesta y todos podíamos llevar a un acompañante, así que yo inmediatamente pensé en Lucía, claro. Y habría venido conmigo a la fiesta de no ser porque habíamos tenido una discusión por algo que ahora no recuerdo y ella había vuelto a casa de sus padres durante unas semanas. Si es que lo tenía que haber visto venir.

Había estado a punto de no ir, pero Alex y Josh habían insistido en que así dejaría de pensar en ella. Estaban tan empeñados en que me lo pasara bien que Alex se había venido conmigo. Y, la verdad, había sido una noche de lo más divertida. Así que, claro, ahora mis compañeras de trabajo parecían adorar a mi amiga con el pelo de punta y cara de mala leche.

A mí me venía de perlas, la verdad, porque la mayoría de mis compañeras de trabajo llevaban años en la editorial, y a veces los temas de conversación se centraban en rememorar viejos tiempos... Cosa que yo no podía hacer, claro. Así que aprovechaba esos pequeños paréntesis para hablar con mi mejor amiga o ir juntas al baño.

Salí de mi dormitorio aquella noche con unos vaqueros ajustados y una blusa rosa pálido. Josh me la regaló por mi último cumpleaños, así que su reacción al verme salir al salón fue tan escandalosa que me puse colorada.

—¡Dejen paso a la tía buena del barrio, señores! ¡Mary sale de caza esta noche! —voceó—. Oye, si vienes acompañada, ve directamente a tu cuarto; no me gustaría que se repitiera el incidente del sofá.

—Solo fue una vez, y ya te pedí perdón —dije mientras me colocaba la chaqueta de cuero—. Además, fue culpa tuya por ir al baño en medio de la noche.

—Claro que sí, será eso.

En ese momento, Galder salió de la cocina y me sonrió con timidez. Ignoré los pelos de punta de mi nuca y le saludé.

—Ya has vuelto, desaparecido. —Me forcé a sonreír—. ¿Estás bien?

Galder tenía el mismo aspecto lamentable del día anterior. Ojeras bajo los ojos, la tez pálida...

—Sí, no es nada —dijo, e hizo un gesto con la mano—.

Acabo de llegar, así que voy a darme una ducha y estaré como nuevo.

Así que acababa de llegar. ¿A qué habría dedicado el resto del día si no había llegado hasta tan tarde? No es que me importara, claro. Era simple curiosidad.

—Bueno, pues nos veremos luego, ¡o mañana por la mañana! Según se dé la noche.

¿Dije eso a propósito? Sí. ¿Echaba por tierra todo aquello de que no me importaba lo que Galder hubiera hecho durante el día en que desapareció? También.

El caso es que la noche fue muy bien.

El restaurante al que nos llevó Verónica tenía una comida que estaba tan buena que casi valía la pena lo que costaba, y luego lo compensamos yendo a bailar al sitio más barato de la zona.

No te confundas, no fue solo por dinero (aunque siempre ayuda), es que los dueños de aquel antro llevaban tantos años en el negocio que se dedicaban a poner grandes éxitos de épocas pasadas que todo el mundo se sabía. Nos pasamos la noche bailando al son de ganadores de Eurovisión y éxitos del verano.

Aunque para mí el único enemigo en aquellas situaciones era el sueño, Alex y las otras llegaron a un punto en el que no podían contar las copas que habían tomado con una sola mano, así que decidí que había llegado la hora de buscarles un taxi.

Yo cogí el mío con Alex, que no vivía demasiado lejos de mi piso, y me aseguré de dejarla con Ekene antes de volver al asiento trasero del vehículo.

Unas calles más adelante, me dio por mirar el taxímetro y decidí que ya me había acercado lo suficiente a casa. Iba a acabar pagando por el trayecto a casa más que mis amigas por la bebida.

Le di las gracias al conductor y bajé después de mandar mi ubicación en tiempo real al grupo que tenía con Alex y

Josh, como siempre. Estaba a solo diez minutos de casa. Pan comido.

Me puse los cascos con la música apagada para dejar claro que no pretendía hablar con nadie y parecer ocupada y eché a andar. Eran las cuatro de la mañana, así que no debería haber mucha gente en la calle.

Y no la había, o al menos eso pensaba hasta que empecé a oír unas pisadas unos metros por detrás de mí. Aceleré el paso inconscientemente, sin dar la oportunidad a quien fuera esa persona a acercarse.

Fingiendo que cambiaba de canción, saqué mi teléfono para escribir en el grupo que Galder, Josh y yo teníamos para el apartamento y compartir mi ubicación ahí también.

—No corras tanto, guapa.

Se me heló la sangre al oír aquella voz. ¿Estaba borracho? No lo sabía, pero no importaba.

Después de mandarles la ubicación, escribí un mensaje: «Chicos, voy andando por esta zona. Hay un tío siguiéndome. ¿Estáis despiertos?».

—¿No me contestas? Qué borde...

Apreté más el paso, sin importarme si se daba cuenta. Solo quedaban cinco minutos para llegar al piso. Unas manzanas más y estaría allí.

—¿Es que quieres que haga ejercicio? —gritó el hombre a mi espalda, y deseé no haberme puesto tacones aquella noche.

Doblé la primera esquina al tiempo que sacaba las llaves del bolsillo de la chaqueta para sujetarlas con la punta hacia fuera. ¿Serviría de algo si intentaba agarrarme?

Justo antes de llegar al siguiente cruce, oí un gruñido a mi espalda.

Parecía un perro, y uno enorme, y no pude evitar darme la vuelta para comprobar si mi perseguidor tenía uno. Si era así, seguramente no tenía nada que hacer.

Miré por encima del hombro mientras corría y me topé con una calle desierta.

No había nadie siguiéndome. Con el corazón desbocado, me fijé en posibles lugares en los que aquel tipo podía haberse escondido, pero no le vi, así que seguí mi camino sin aminorar la marcha.

Quizá era una trampa. Igual quería que me confiara para alcanzarme.

No respiré con tranquilidad hasta que cerré la puerta del piso con llave.

Josh me despertó a la mañana siguiente.

—¡Acabo de ver tu mensaje, Mary! ¿Estás bien? ¿Ha pasado algo?

Abrí los ojos como pude, sintiendo el peso de Josh en el borde de la cama. Mi amigo me dio la mano, como si fuera una moribunda en una película, y me las arreglé para incorporarme.

—Sí, al final no fue nada... Un imbécil me siguió ayer casi hasta llegar a casa, pero después desapareció.

—¿Así sin más?

—Debió de cansarse de correr detrás de mí.

—Qué horror... ¡La próxima vez, llámame! Quito el wifi por las noches.

—Pero ¿y si te despierto para nada? Mira lo de ayer, al final no hacía falta...

—Si no hace falta, paseamos a la luz de la luna llena, pero no nos arriesguemos —me interrumpió mientras alzaba un dedo ante mi cara.

—De acuerdo —accedí con una sonrisa.

Satisfecho, Josh me dio un beso en la mejilla y me anunció que iba a prepararse, que tenía una sesión de fotos.

Salí de mi dormitorio al poco rato, incapaz de volver a dormirme, y fui a la cocina. Josh había encendido la televisión, y decidí dejarla puesta por una vez: prefería el murmullo al silencio tras la noche anterior. Josh no solía poner las noticias, pero sí que encendía el canal veinticuatro horas de vez en cuando «para no desconectar del todo del mundo».

Estaba cogiendo los cereales cuando Galder apareció en la puerta con expresión preocupada.

—Hola, Mary... Acabo de despertarme y vi tu mensaje...
—No sabía qué hacer con las manos, así que acabó pasándose una de ellas por el pelo—. Lo siento, no lo vi ayer. ¿Estás bien?

—Sí, no te preocupes. Al final el tío se fue, así que todo está bien.

—Me alegro.

Nos quedamos en silencio un momento, con el sonido de las noticias de fondo.

—¿Quieres desayunar?

—Sí, me muero de hambre. —Sonrió—. ¿Estás viendo las noticias?

—Qué va, eso es cosa de Josh. Yo uso Twitter.

La presentadora estaba dando la noticia de un hombre que apareció durante la madrugada en las inmediaciones de la estación de metro que teníamos más cerca de casa.

—El hombre, que aún no se ha podido identificar, estaba desorientado y muy asustado —decía—. Hablaba de que un monstruo le había llevado hasta allí y pedía ver a la policía. Los agentes...

Galder apagó la televisión.

—Demasiada información para mi mente recién levantada —bromeó, y vino a ayudarme con las tazas.

Dos pájaros de un tiro

Pasaron varios días tras el incidente con el tipo que me siguió.
No volví a sacar el tema más que para contárselo a Alex (que me hizo prometer que la próxima vez cogería el taxi hasta la puerta, aunque luego ella tuviera que ayudarme a pagarlo) y procuré no darle más vueltas de las necesarias.

En aquellos días, Josh empezó a trabajar en el restaurante en el que le habían contratado, así que pasaba mucho menos tiempo en casa, y Galder consiguió un trabajo temporal como profesor de ciencias en una academia universitaria. No era lo que más le entusiasmaba, pero así podía dejar de utilizar sus ahorros para todo.

—¿Cómo van las clases?

—Los alumnos son simpáticos, aunque a veces me cuesta hacerme entender… —Galder miró a Josh y soltó un suspiro—. Espero que me salga otra cosa pronto.

—¡Seguro que sí!

—¿Y a ti en el restaurante? —pregunté mientras daba un mordisco a mi hamburguesa.

—¿Por qué crees que me he pedido una ensalada? —Mi amigo miró nuestros platos enarcando una ceja—. Ahora sé cómo se cocinan esas cosas.

Galder y yo soltamos una carcajada.

Habíamos salido a comer fuera para celebrar que coincidíamos los tres por primera vez en una semana. Josh tenía una sesión de fotos por la tarde, pero a todos nos vendría bien la pequeña escapada.

—Galder, cuidado con... Está chorreando... —Josh giró la cabeza y le alargó una servilleta sin mirar—. Este trabajo va a costarme caro.

Lo que había causado esa conmoción en mi amigo era el hilo de sangre que caía por una de las comisuras de los labios de Galder, que amenazaba con manchar su camiseta.

—Es verdad que la carne te gusta poco hecha... —comenté.

Él se limitó a encogerse de hombros.

—Así se aprecia mejor el sabor. —Cogió la servilleta que Josh le ofrecía y se limpió la barba—. *Gracies*. Por cierto, ¿sabéis si por aquí hay tiendas de ropa? Necesito comprarme alguna camisa... Algo un poco más profesional; todos mis compañeros van muy arreglados al trabajo.

No había terminado de pronunciar aquellas palabras cuando supe que el desastre se acercaba.

—¡Qué casualidad! Mary me dijo el otro día que necesitaba ropa nueva. ¿Por qué no os dais una vuelta esta tarde?

Intenté controlar mi expresión antes de responder.

—Tampoco tengo mucha prisa, no pensaba ir hoy...

—Pero podríais aprovechar, ya que estamos en el centro. ¡Y así le enseñas un poco de la ciudad! —insistió Josh sonriendo.

—Si te parece bien, por mí estupendo. —Galder sonreía con una expresión que dejaba claro que se lo parecía.

—Claro, ¿por qué no? Así matamos dos pájaros de un tiro.

Tuve que esperar a que el asturiano se fuera al baño un rato después para lanzar todo mi arsenal de reproches contra Josh.

—Pero ¿se puede saber por qué me metes en este berenjenal? ¿Es que tengo pinta de guía turística?

Josh chasqueó la lengua.

—No entiendo por qué eres tan cerrada, ¡si te cae bien!

—Le soporto.

—No mientas. —Sonrió—. Os he visto hablar y he visto cómo le miras cuando crees que nadie te ve. Te parece simpático, como mínimo.

—No quiero saber a qué viene ese «como mínimo», pero que me parezca majo no quiere decir que me apetezca pasar la tarde con él en el centro.

Josh se quedó mirándome un momento y alzó las manos en señal de rendición.

—De acuerdo, ahora le digo que me había liado y que tienes que venir conmigo a la sesión, ¿vale? Le diré que necesito que alguien me ayude con las luces o algo así...

—No, da igual. —La interrupción quedó más brusca de lo que había deseado, así que carraspeé—. De todas formas, es verdad que necesito ir de compras.

—Pues ya está, ¡es una cita!

—No lo es.

Quizá visto desde fuera sí que lo era.

Galder y yo decidimos empezar la tarde paseando por el centro con la excusa de bajar un poco la comida antes de ir de compras. En su caso, supongo que quería retrasarlo para hacer algo de turismo, ya que era nuevo en la ciudad. En el mío... No me apetecía probarme ropa con la tripa llena y con él respirándome en la coronilla.

Recorrimos las calles del centro de la ciudad con calma, sin la prisa que invade a todo el que pisa el suelo de Madrid. Galder me preguntó por algunos de los edificios y estatuas junto a los que pasamos y yo tuve que reconocer que, para haber nacido en la ciudad, sabía muy poco de ella. Al final, acabé rindiéndome y acercándome con él a leer los carteles de las estatuas o las placas que había colgadas al lado de algunos portones antiguos.

Caminamos por los jardines frente al Palacio Real, esquivamos a vendedores ambulantes y nos paramos disimuladamente al lado de un grupo que estaba haciendo una visita turística para enterarnos de algo más de aquella zona.

—¡Perdone! —Miré a mi acompañante, que había llamado la atención de una familia a unos pocos pasos, y vi que sacaba el móvil—. ¿Podría hacernos una foto?

Estábamos en la parte central de los jardines, con el palacio a nuestras espaldas. Era un buen sitio para hacerse una foto como turista, pero había algo que no terminaba de cuadrarme.

—¿Hacernos? ¿No prefieres salir solo?

Galder sonrió.

—¿Por qué? ¡Estoy pasando una tarde estupenda contigo!

Aquello me pilló tan de improviso que solo acerté a colocarme a su lado con cara de tonta y mirar a la mujer que sujetaba su móvil. Cuando Galder pasó su mano por mi espalda hasta la cintura y me sujetó, volví a la realidad y le imité. El tenerle tan cerca, sintiendo sus dedos en torno a mí, que me sujetaban con energía, casi hizo que el escalofrío por su cercanía pasara desapercibido. Sonreí para la foto intentando que no se viera lo contradictorios que eran mis pensamientos por dentro.

Cuando la mujer le devolvió el móvil, decidí que había tenido suficiente.

—¿Vamos a ver algunas tiendas?

Yo terminé mis compras rápido, pues tenía claro qué quería comprarme, pero tuvimos que recorrer varias tiendas antes de encontrar lo que Galder andaba buscando.

Estaba esperando fuera de los probadores de la enésima tienda en la que entrábamos y a los que el asturiano había entrado cargado de camisas y chinos cuando oí su voz llamarme desde el interior.

—¿Qué pasa? —pregunté mientras me adentraba en el pasillo.

En ese momento, una de las cortinas de los probadores se descorrió y Galder salió con unos pantalones *beige* y una camisa blanca abotonada hasta arriba.

La tela se adaptaba a su cuerpo perfectamente, como si el conjunto hubiera sido hecho a medida, y el contraste con su pelo revuelto le daba un aspecto más atractivo de lo que estaba dispuesta a asumir.

—¿Qué te parece? —preguntó mientras daba una vuelta sobre sí mismo—. Creo que estos pantalones me gustan más que los azules.

Dejando a un lado los pensamientos confusos que me habían asaltado, me acerqué a él, como lo habría hecho con Josh, para darle algunos toques.

—Esta camisa quedaría mejor arremangada. Así, ¿ves? Aunque, si hace frío, también queda bien como está. —Un escalofrío me recorrió desde la punta de los dedos al rozar su antebrazo—. ¡Y no te abroches hasta arriba, que no estás en misa! —bromeé.

Alcé las manos hacia el botón que había justo debajo de su nuez y lo desabroché. No fui consciente de lo que acababa de hacer hasta que vi el vello de su pecho asomar entre la tela y alcé la vista para ver lo extremadamente cerca que estaba.

Nuestras miradas se desviaron en direcciones opuestas casi instantáneamente.

—Creo que mejor te espero fuera. ¡Te queda muy bien!

Robin Hood

Desperté a la mañana siguiente con retazos de la tarde anterior bailando en mi memoria.

Josh aún no había vuelto de su sesión cuando llegamos a casa y yo no estaba dispuesta a pasar más tiempo con Galder del necesario, así que me metí a la ducha nada más llegar y no vi ni rastro de él al salir. Pasé la tarde viendo la televisión, con Diminuto tumbado en el respaldo del sofá, y me aguanté el hambre cuando el asturiano salió a cenar a las pocas horas y me preguntó si quería algo.

«Esto es ridículo.» Ahora, con unas cuantas horas de descanso de por medio, veía mi reacción como una chiquillería. ¿Por qué me ponía tan nerviosa con Galder? ¿Era por ese escalofrío que nos ponía al gato y a mí los pelos de punta? ¿Era porque, a pesar de ese escalofrío, no me veía capaz de ignorarle tan bien como lo hacía Diminuto? ¿O porque verle salir del probador la tarde anterior me había recordado al día en que le vi con la toalla después de la ducha?

Lo que estaba claro era que lo que deseaba al abrir la puerta de mi cuarto en ese momento era encontrarme con Galder en el salón, desayunar con él y hablar de alguna tontería para poder verle sonreír como la tarde anterior.

—No. —Me paré con la mano en el pomo de la puerta, justo antes de salir—. Ni hablar. Ya lo pasaste bastante mal cuando las cosas se torcieron con Lucía. ¿Es que planeas echar a otro compañero de piso? ¿Qué pasa contigo, Mary? Ni siquiera es tan guapo...

Salí de la habitación con ese mantra en la cabeza y me encontré a Josh tumbado en el sofá, viendo un capítulo repetido de *Paquita Salas*.

—Sabes que con las plataformas de *streaming* no hace falta que veas capítulos repetidos nunca más, ¿verdad?

Me acerqué lo suficiente para ver a Diminuto entre sus brazos y una taza de café vacía sobre la mesita. Josh no dejaba de mirar la pantalla y parecía no escucharme.

—Me gusta este capítulo.

Miré a la pantalla. Su actor favorito estaba ahí, intentando chapurrear español, pero eso no hacía sonreír a mi amigo como siempre.

—¿Qué ha pasado?

—Un lío en el trabajo... No me apetece hablar de ello.

—¿Quieres un abrazo?

—Luego. —Alargó su mano para estrecharla con la mía y le di un beso en los nudillos antes de ir a prepararme el desayuno.

Estaba sirviéndome los cereales cuando la puerta del cuarto de Galder se abrió y los casi dos metros de asturiano somnoliento salieron por la puerta.

Diminuto emitió un quejido, pero no se movió de entre los brazos de su humano.

—Buenos días a ti también, bola de pelo —murmuró con una sonrisa—. Y a los demás.

Josh le saludó sin mucho entusiasmo y yo me obligué a mirarle a los ojos.

—Buenos días.

La sonrisa de Galder se ensanchó un poco y fue al frigorífico a coger un cartón de leche.

—¿Dormiste bien? Anoche fuiste a la ducha tan rápido y tardaste tanto que no llegamos a hablar más.

—¿Es que había algo de que hablar? —pregunté mientras le miraba de reojo.

—Nada concreto. —Se encogió de hombros—. Pero me

lo pasé tan bien que fue una pena que todo terminara tan pronto.

«¿Qué intenta decir exactamente?»

—No es como si fueras a volver a Asturias hoy: habrá más planes chulos.

—Seguro que sí. —Me guiñó un ojo y fue a sentarse al lado de Josh en el sofá.

Agradecí el quedarme sola el tiempo suficiente para calmar los latidos agitados de mi pecho. Para asegurarme de no salir con cara de idiota al salón, alargué el proceso de mezclar los cereales con la leche para quedarme más rato en la cocina. Antes pensaba que le caía bien al nuevo, pero después de aquello... ¿Estaba intentando ligar conmigo? ¿Habíamos pasado una línea de la que yo no era consciente?

Mientras trataba de poner mis pensamientos en orden, llevé mi bol al salón.

—... Por eso escogí su nombre —estaba diciendo mi amigo. Parecía algo más animado—. No sabía qué nombre me gustaba más o con cuál me sentiría más identificado, pero cuando vi Los juegos del hambre lo tuve claro.

—Es un nombre bastante chulo. Yo no sé cuál elegiría si dependiera de mí.

—¡Es que es más difícil de lo que parece!

Seguimos hablando de nombres con el capítulo de fondo y me ofrecí a llevar las tazas a la cocina cuando terminamos.

—Por cierto, ¿qué tal la sesión de ayer? —preguntó Galder.

Josh suspiró y se rindió a contar al fin lo que le pasaba.

—Mal. Y lo peor es que no sé si me pone triste, me avergüenza o me da ganas de matar a alguien.

—¿Qué pasó? —Galder le puso una mano en el hombro, como si comprendiera perfectamente la sensación a la que se refería mi amigo.

Josh nos contó que la tarde anterior había ido a una sesión de fotos para una agencia de modelos acompañando a una empresa. Uno de sus fotógrafos se había puesto malo, así que habían contratado a mi amigo para suplirle aquella tarde.

Y había hecho un buen trabajo, por lo visto: había llegado a la hora, cumplido los requerimientos y ayudado a recoger. Por eso no entendió que luego, a la hora de pagarle, le dijeran que recomendarían sus servicios por redes sociales.

Josh les había dicho que cuando le habían contratado había dejado claro cuáles eran sus tarifas, pero ellos habían insistido en que, con la cantidad de seguidores que tenían en redes, su recomendación valdría más que lo que pudieran pagarle. Él había intentado luchar por su dinero, pero le habían acabado obligando a marcharse.

—¿Cómo que «te obligaron»?

—Llamaron a seguridad y me amenazaron con difundir lo difícil que era trabajar conmigo si seguía dándoles problemas.

—Pero ¡eso no tiene ni pies ni cabeza! —exclamó Galder.

—¡Lo sé! Pero, cuando llegó el de seguridad y me sacó de allí a rastras, no pude hacer mucho más.

—¿Cómo se llama esa empresa? —pregunté mientras sacaba el móvil—. Hay que denunciarles.

—Eso he pensado, pero, buscando en foros, he visto que no es la primera vez que hacen esto. Tienen que ser muy buenos borrando sus huellas de Internet si siguen teniendo trabajo con lo mentirosos que son.

—Pero eso es muy injusto... —dije, desinflándome en el sitio.

—Pues sí... Por eso estaba intentando animarme. Además, me pidieron que les pasara las fotos al ordenador antes de contarme esto. ¡Dijeron que ellos las retocaban, así que no sospeché! Vaya pringado soy...

Abracé a Josh con fuerza y maldije a los empresarios sin escrúpulos que se aprovechaban de las buenas personas como mi amigo, y nos quedamos así un rato. Galder, que había estado tan furioso como yo hacía unos segundos, no tardó en romper el silencio.

—¿Sabes dónde tienen la oficina?

La calle estaba completamente en silencio cuando salimos. Era más de medianoche, en domingo, así que no había mucho movimiento a nuestro alrededor. Mejor, porque no quería ningún tipo de público para lo que pensábamos hacer. Cogimos el coche de Josh y fuimos hasta la sede de la empresa, donde habían estafado a mi amigo la tarde anterior. Después de pasar todo el día rumiando la idea de Galder y habernos echado atrás unas doscientas veces, acabamos por vestirnos de negro, como los peliculeros que somos, y coger el coche sin pensar.

—¿Estás seguro de que esto es buena idea?

—Es mejor idea que dejar que se salgan de rositas —respondió Galder en el asiento trasero—. No os lo habría propuesto si no estuviera completamente seguro de que puede salir bien.

Llegamos al bloque de edificios casi a la una de la madrugada. Según Josh, la empresa tenía las oficinas en la cuarta planta. Pasamos con el coche por la entrada para comprobar si se veía la luz de una garita en el interior y nos tranquilizó verlo todo apagado.

—Creo que todo cierra por la noche. Y parece que no hay un portero... ¿Cómo piensas entrar? —preguntó.

Galder sonrió.

—En silencio y sin levantar sospechas. Vosotros esperadme en el coche: cuando esté dentro os haré una videollamada para que me digas dónde tenían el portátil ayer.

—Ten cuidado. —Hablé sin pensar, pero él me sonrió y salió del coche.

«Vaya cursilería acabo de decir.»

—¿Es que ayer os liasteis o qué?

Me giré hacia Josh con una expresión ofendida que no sentía en absoluto.

—Pero ¡¿qué dices?! Dimos un paseo por el centro para comprar algo de ropa y ya. Ni siquiera cenamos juntos.

—Así que has vuelto a hacerlo.

—¿El qué?

—Esconderte como una tortuga en su caparazón en cuanto ha aparecido alguien interesante. Hiciste lo mismo con Lucía.

73

—Y mira cómo salió cuando dejé de esconderme.

—Eso fue mala suerte. ¿Y si este chico resulta valer la pena?

—¿El mismo chico que va a colarse en una propiedad privada?

—Lo hace por ayudarme. Es como Robin Hood.

—Sí. Igualito —refunfuñé, y giré la cara hacia la ventanilla. En ese momento, el móvil de Josh empezó a sonar. Era la videollamada de Galder.

—No me lo puedo creer... ¡Has entrado!

La risa del asturiano salió del altavoz.

—Os dije que podía hacerlo. Vamos a darnos prisa: ¿dónde estaba el portátil la última vez que lo viste?

Siguiendo las indicaciones de Josh, Galder llegó a la sala donde les había pasado las fotos la tarde anterior.

—¡Aquí está! Vamos al lío... No te sabrás la contraseña, ¿verdad?

—Me la dijeron ayer cuando fui a pasar las fotos porque se había bloqueado... —Josh guardó silencio unos instantes, intentando recordar, y se la dijo, orgulloso de su memoria prodigiosa para, cito textualmente, «cosas que no tienen que ver conmigo y letras de canciones».

No le costó dar con la carpeta en la que guardaban las fotos del día anterior, pues las tenían organizadas por fecha, así que en menos de diez minutos había terminado su trabajo de justiciero.

—No sé si servirá de algo —nos advirtió antes de guardar el portátil en su sitio—. Si son previsores habrán hecho copias de seguridad en un disco duro, pero al menos lo intentamos...

—¡Esta sensación de triunfo vale la pena aunque luego no haya servido! ¡Sal de ahí, Galder!

Mi amigo y yo salimos del coche y echamos a correr hacia el edificio, demasiado emocionados por que todo hubiera salido bien.

Una vez allí, encontramos a Galder descolgándose del edificio, de ventana en ventana, como si fuera Spiderman o un escalador experto. La forma en que los músculos de sus brazos se flexionaban y sus manos agarraban la siguiente repisa, confiando en que no fallaría, me puso los pelos de punta. En ese momento, con el subidón de adrenalina, no supe a qué atribuirlo, aunque ahora lo pienso y quizá fue la advertencia de la parte más primitiva de mi cerebro de que estaba viendo a un depredador bajo un manto de piel humana. Al fin y al cabo, hacía pocos días de la luna llena y, por lo que me contó Galder poco después, las «vitaminas lobunas» seguían funcionando en las noches siguientes.

Pero, claro, en ese momento yo no lo sabía.

Se dejó caer desde el primer piso y plantó los pies en el suelo sin apenas ruido, y Josh se lanzó a abrazarle y a darle las gracias.

Yo no pude evitar echarme a reír, contenta por mi amigo y porque no nos hubieran pillado, y fui corriendo hacia donde Galder había aterrizado. Sentía que podía volver a casa corriendo si me lo proponía. ¡Lo habíamos conseguido!

No sé si fue la emoción del momento o porque Galder me alzó en el aire cuando fui a abrazarle yo también entre risas, pero lo siguiente que recuerdo es que nuestros labios se unieron y toda la electricidad que había sentido en mi cuerpo se disipó. Recuerdo apretar mis labios contra los suyos, como si fuéramos los polos opuestos de un imán, y sus brazos rodearme para mantenerme a su altura sin apenas esfuerzo. Pasé las manos por su barba y él me colocó una de las suyas entre los rizos.

Y en ese momento, como si el mundo exterior quisiera romper el caparazón en el que nos habíamos metido sin ser conscientes, Josh exclamó:

—¡Alex me debe diez euros!

Dos personas diferentes

L a vuelta en coche fue de lo más incómoda.
Después de que Josh nos devolviera al mundo real, Galder y yo nos quedamos mirándonos un momento. Él sonrió. Yo me puse roja como un tomate y fui directa al asiento del conductor.

Creo que les grité que metieran sus culos dentro del coche si no querían que les dejara allí, pero no me acuerdo muy bien. Solo sé que Josh se sentó a mi lado, Galder detrás y que puse la radio a todo volumen para no tener que hablar con ninguno de los dos.

Un par de calles antes de llegar a casa, Josh me pidió que parara el coche para bajarse.

—Voy a ver si hay alguna tienda abierta todavía, que, después de lo de esta noche, por lo menos nos merecemos un helado.

Ni Galder ni yo le dijimos que era más que probable que todo estuviera cerrado a la una de la mañana. Al fin y al cabo, Josh había encontrado la mejor excusa que había podido para dejarnos a solas. Y, aunque yo habría preferido encerrarme en mi cuarto y no mencionar en absoluto lo del beso…, quizás aquello no era lo mejor.

Cuando aparqué y salimos del coche, le propuse a Galder

dar un pequeño paseo antes de subir a casa para poder hablar de lo que había pasado.

—No sé qué me ha pasado —reconocí—. Estaba tan contenta y tan emocionada que... Siento haberme lanzado sobre ti de repente.

—A mí no me pareció mal.

Alcé la mirada y vi la misma expresión pícara con que me había mirado por la mañana. Y no había dudado en devolverme el beso, desde luego... Se me escapó una sonrisa.

No sabía si conseguiría fiarme de alguien así como así después de lo que había pasado con Lucía, pero... ni siquiera los escalofríos que sentía a veces en presencia de aquel hombre conseguían disuadirme de las ganas que tenía de volver a besarle.

Y algo parecido debió de pensar él, pues se inclinó sobre mí, colocó una de sus manos en mi mejilla y me besó.

Fue un beso tierno, lleno de una complicidad que me sorprendió, y se fue volviendo más intenso con el paso de los segundos. No tardé en alzar las manos para rodearle los anchos hombros y me pegué a él casi sin darme cuenta.

No fue hasta que sus manos me rodearon la espalda y bajaron de una forma nada sutil hasta mi trasero que me di cuenta de dónde estábamos.

—Será mejor que volvamos a casa —dije contra sus labios.

Él soltó una carcajada que retumbó en mi interior en medio de un nuevo beso.

—Aquí al menos Josh no puede vernos.

—Siempre podemos cerrar la puerta del cuarto...

No necesité mucho más para convencerle.

Volvimos al piso con paso apresurado y las manos entrelazadas. No me permití escuchar a la vocecita que insistía en decirme que no conocía de nada a Galder y que a veces actuaba de forma extraña. «¿Y quién no?», pensé con una sonrisa. Lo único que sabía en aquel momento era que besarle me había gustado más de lo que esperaba y que no iba a dejar que mi reciente tendencia a pensar demasiado me frenara.

Al subir, procurando no hacer ruido, encontramos una nota de Josh en la mesita del salón: «No he encontrado helado. Ya lo celebraremos mañana… ¡Buenas noches!».

Galder, que estaba leyendo la nota por encima de mi hombro, me rodeó con sus brazos desde la espalda y me dio un beso detrás de la oreja que hizo que todas las células de mi cuerpo se agitaran.

—No puedes negar que es muy buen amigo.

—Sí que lo es —susurré. Dejé la nota sobre la mesa y me giré para besarle de nuevo.

Él me levantó del suelo como si no pesara nada y me llevó a su cuarto sin dejar de besarme. En aquel momento, con los sentidos embotados por su olor y su sabor, Josh podría haber aparecido gritando acerca de otras mil apuestas que no me habría enterado de nada.

La electricidad que me recorría cuando le veía aparecer y que tanto me había preocupado ahora parecía encontrar una toma en la piel de Galder, que me llenaba de alegría y anticipación.

Una vez en su dormitorio, cerró la puerta y me dejó en el suelo con delicadeza.

Empezamos a desvestirnos casi sin separar nuestros labios, como si el contacto con el otro fuera la única fuente de oxígeno disponible en aquella habitación. Pasé las manos por su espalda y su pecho, disfrutando cada centímetro de piel caliente y surcada de vello que iba descubriendo.

Después me quité las mallas y, cuando pasé la camiseta por encima de mi cabeza, él se separó de mí y me miró de arriba abajo.

—Eres preciosa. —Sonrió y se pasó la lengua por los labios, como si pretendiera devorarme de un momento a otro.

Contuve el impulso de cubrirme al sentirme observada de una forma tan descarada. Aunque la madurez y el paso de los años me habían ayudado a quererme y aceptar mi cuerpo tal como era, cuando creces siendo el objeto de burla de tus compañeros de clase por tu cuerpo, siempre queda ese resquicio de temor de que otros lo hagan en el futuro.

Hacía años que había abandonado las prendas de ropa que me ocultaban y solo me vestía con ropa que me hiciera sentir bien. Ya no hacía dietas y me limitaba a tener una relación sana con la comida y el ejercicio. ¡Y era más feliz que antes! Pero, al parecer, las nuevas parejas sexuales no dejaban de darme vértigo.

Como si pudiera leerme los pensamientos, Galder recorrió la distancia que nos separaba y me besó. Con suavidad, como si tuviéramos todo el tiempo del mundo, pasó sus manos de mis mejillas al cuello, y de ahí a los hombros, y empezó a acariciar cada curva de mi cuerpo como si fuera un tesoro. Abandonó mis labios para besar mis mejillas, mi frente y mi barbilla, y, cuando sentí sus manos acercarse al cierre de mi sujetador, se detuvo.

—Mary —dijo, y yo le miré, expectante—, no nos conocemos desde hace mucho, y hasta hace unas horas no sabía si era el único que veía algo entre nosotros... ¿Estás segura de esto?

No podía creerme que me estuviera preguntando si de verdad quería acostarme con él. Me pareció tierno y dijo mucho más de él que todo lo que me había contado hasta ese momento. Casi no me había topado con tíos así: la mayoría iba derecho a por mi ropa interior, sin darme esos segundos de reflexión que Galder me estaba dando.

—Creo que tanto el gato como yo nos hemos empeñado en cerrarnos en banda ante ti... —susurré, y le di un beso en la punta de la nariz—. Sí, estoy segura de esto. ¿Y tú?

Él sonrió y me besó con más intensidad.

La medianoche había quedado ya muy atrás cuando nos dejamos caer sobre su colchón.

Lo cierto es que aquella no fue la vez que más disfruté de las relaciones con Galder, pues él parecía tan nervioso y ansioso como si acabara de estrenarse, pero también fue cuidadoso y se aseguró a cada momento de que estuviera bien. Al cabo de unos minutos, sin embargo, cuando la ropa ya estaba tirada en el suelo y no se distinguía dónde terminaba yo y dónde empezaba él, pareció que algo hizo clic en su mente y cambió totalmente. Y no lo digo para mal.

—¿Qué tal? —me preguntó Galder, abrazado a mí y tan sudoroso como yo.

—Me ha gustado, ha sido... interesante.

—¿Interesante? —Se incorporó un poco—. Sabes que decirle eso a alguien después de hacerlo parece una manera bonita de decir «gracias por participar», ¿verdad?

No pude evitar que se me escapara una sonrisa; parecía realmente preocupado.

—Ha estado bien, de verdad —respondí mientras acariciaba la barba de su mejilla—. Ha sido un poco confuso, pero lo he disfrutado.

—¿Por qué fue confuso?

—Ha sido como si fueras dos personas diferentes: al principio ibas despacio, con cuidado, asegurándote de que todo estaba bien... Y al final como un volcán en erupción.

Galder guardó silencio un momento.

Aunque aquella noche no me lo contara, ahora lo entiendo todo, claro. No hacía tantos días de la luna llena. En esos momentos en que él aún siente al lobo en su interior tiene que luchar por mantenerle a raya para que duerma hasta la próxima vez. Y lo que estábamos haciendo tenía todas las papeletas para despertar los instintos más básicos del monstruo.

Quizá por eso me pareció algo confuso: tan pronto estaba con el compañero cariñoso como con el amante pasional. En ese momento solo pensé que nos faltaba saber entendernos y llevarnos mejor, y estaba más que dispuesta a seguir practicando.

—¿Te preocupa algo?

—Es solo que... no quería hacerte daño, o ir demasiado rápido o... —Sacudió la cabeza—. Pero, cuando vi que estabas bien, me relajé y tal vez me dejara llevar un poco.

Su sinceridad me empujó a besarle y le abracé con fuerza.

—No me has hecho daño —le aseguré—. Y estoy segura

de que las próximas veces sabremos compenetrarnos mejor.
—Sonreí con timidez—. Si es que a ti te ha gustado —añadí.

—¿Que si me gustó? —Galder esbozó una sonrisa lobuna
y volvió a besarme—. Déjeme demostrárselo, señorita.

Dios, qué guapo es

La mañana llegó demasiado rápido y mis horas insuficientes de sueño y yo tuvimos que abandonar la cama de Galder antes de lo que habría querido.

Cuando sonó mi despertador (había tenido el buen tino de llevarme el móvil al cuarto la noche anterior) estaba desnuda y rodeada por dos metros de asturiano dormido. Me quedé mirándole un momento después de apagar la alarma, como si quisiera cerciorarme de que lo que había pasado era real.

—Buenos días —susurró él con una sonrisa adormilada, y abrió los ojos.

Sonreí.

—Buenos días. ¿Has dormido bien?

Me estrechó más fuerte entre sus brazos.

—Mejor que en mucho tiempo..., ¿y tú?

—También —respondí, sorprendida de que aquello fuese cierto—. Tengo que irme a trabajar, así que luego nos veremos, ¿vale?

Él asintió con los ojos entrecerrados y le besé antes de salir de la cama.

Cogí la ropa que me había puesto el día anterior para taparme un poco antes de salir y oí un gruñido a mi espalda.

—Si tardas mucho más en vestirte, igual caigo en la tentación de secuestrarte el resto del día...

Solté una carcajada.

—Es una lástima que no pueda permitírmelo... —Me giré para lanzarle un beso y salí del cuarto con una sonrisa.

Oí a Josh en la cocina y fui a mi cuarto a coger ropa para cambiarme e ir a la ducha. Acababa de cerrar la puerta cuando oí a mi amigo al otro lado de la puerta.

—Lo primero, me alegro mucho por ti. Lo segundo, he quedado con Alex esta tarde para que nos pongas al día, así que luego me cuentas. ¡Me voy a trabajar!

El peso de la realidad fue cayendo lentamente sobre mis hombros a medida que pasaron las horas.

Después de salir de casa perfectamente contenta y animada, la distancia con la euforia que me había acompañado la noche anterior dejó paso a la pequeña vocecilla que había intentado abrirse paso en mi mente unas horas antes.

«¿Dónde ha quedado esa mala espina que me daba Galder? ¿Esos escalofríos que hacían que el gato y yo le miráramos raro?»

«Igual no es nada y todo fueron imaginaciones mías...»

«O igual me he lanzado a la piscina demasiado rápido y me he liado con alguien a quien apenas conozco.»

«¡Como si fuera la primera vez! Seguro que todo irá bien.»

«Solo hay que tener claro en qué punto estamos, porque, claro, vivimos juntos...»

«¡Seguro que lo estropeo y Josh y yo nos quedamos sin compañero de piso otra vez!»

—Madre mía, ¿cómo puedes rayarte tanto? Sí que se te ha atragantado la noche de pasión —comentó Alex.

Cuando aparecí en el bar aquella tarde, Josh y ella esperaban con las bebidas en la mesa y una sonrisa en los labios. Mi amiga estaba deseando que le contara lo que había pasado con Galder, porque Josh es incapaz de estarse callado (y quería cobrar sus diez euros), y él solo quería confirmar lo que había oído a través de las paredes.

Y yo les conté hasta donde quise, claro, que para mis cosas soy bastante discreta (dijo la chica que lo está largando todo en una novela, sí, ya lo sé). El caso es que, después de hablar de lo maravillosa que fue la noche y de lo bien que me sentí con Galder..., mis miedos salieron a escena y les planté delante todas las dudas que me habían agobiado a lo largo del día.

—Te cuesta demasiado fiarte de la gente, Mary —me dijo Alex—. Nunca pasabas más de una noche con nadie en la universidad porque temías que fueran a atarte en una relación infeliz, y estoy segura de que habrías pasado unos buenos meses con alguno de tus ligues.

—¿Y de qué me sirve pasar unos meses con alguien para que luego se acabe?

—¡Pues para disfrutarlos! No todo tiene que ser encontrar al amor de tu vida.

—Para ti es fácil decirlo: conociste al tuyo en la maldita universidad y vas a casarte en unos meses.

Alex se rio.

—¿Y no crees que sé que soy una excepción? Mary, eso del «felices para siempre» de los cuentos, de conocer a la persona ideal en unas vacaciones de verano y haceros los reyes del instituto, de haceros adultos juntos..., es algo que pasaba en la generación de nuestros padres.

—Vaya forma de hablar para alguien que se supone que está perdidamente enamorada —comentó Josh, que enarcó una ceja.

—¡Y lo estoy! Pero soy realista; si un día las cosas con Ekene se tuercen y no pueden enderezarse, cada uno se irá por su lado y a seguir con nuestra vida. Sin dramas. —Cogió un cigarro y se lo encendió—. Sois los dos unos dramáticos.

Me llevé mi refresco a los labios sin saber qué decir.

Alex siempre parecía ir tres pasos por delante de mí en todos los aspectos de mi vida. ¡Y siempre he pensado que era así en el terreno amoroso! Lo que no esperaba era que también lo fuera en el terreno del desamor hipotético.

—Yo creo que, para empezar, deberías dejar de darle vueltas —opinó Josh—. Solo habéis pasado una noche juntos y ni siquiera habéis hablado de ello. ¡A lo mejor todo se queda en eso y ya! Y tú aquí preocupada.

—Pero me da miedo haber echado a perder a otro compañero de piso.

—Nada de «otro» —soltó él—. Lucía se marchó porque quiso y después de portarse fatal contigo. Si Galder hiciera lo mismo, no me costaría nada buscar a un compañero de piso nuevo, que lo sepas.

Le di un beso en la mejilla.

—Aunque sería una pena porque gracias a él los estafadores que me contrataron se han quedado sin las fotos que hice. —Sonrió.

—¿Cómo sabes que no tenían copias?

—Porque me escribieron esta mañana pidiéndome los brutos de nuevo. —Soltó una carcajada—. Pocas veces me ha dado tanta satisfacción decirle que no a alguien.

Estaba en el sofá con Diminuto, esperando una *pizza* que había pedido y con el pijama más bonito que tenía, cuando llegó Galder.

Josh había decidido que se sacrificaría para que tuviéramos un rato a solas y se quedaría a dormir en casa de Manu, así que llevaba toda la tarde mentalizándome para lo que pudiera pasar. No me había permitido tomar ninguna decisión.

Y se lo agradecía. ¿Cómo iba a decidir nada? Si no tenía ni idea de lo que quería.

La puerta se abrió y la expresión del asturiano se iluminó en cuanto me vio. Un escalofrío me recorrió el cuerpo.

«Dios, qué guapo es.»

Diminuto, como siempre, se levantó de su sitio en el sofá y se fue al cuarto de Josh. A diferencia de los primeros días, no corrió al hacerlo, sino que nos dejó solos con unos andares que solo podían significar «allá tú si quieres quedarte con este tío en el salón».

—¿Quieres cenar *pizza*? —pregunté directamente.

Él dejó la mochila y el abrigo en su cuarto antes de venir al sofá conmigo.

—¡Claro! Me apetece mucho. ¿Dónde está Josh?

—Hoy duerme con Manu.

—¿Así que esto es como una cita? —preguntó él con una sonrisa pícara.

—Eso parece… —Una sonrisa tiró de mis labios y él aprovechó ese momento para besarme.

Mientras le devolvía el beso, no podía dejar de pensar en lo ridícula que había sido al asustarme tanto aquella mañana. Lo que sentía en ese momento tiraba por tierra cualquier preocupación que hubiera tenido y se reía de ella.

Cuando nos separamos, Galder cogió mis manos entre las suyas.

—Sé que hace poco saliste de una relación, así que no quiero que esto se convierta en un problema para ti —dijo mirándome fijamente a los ojos—. Me gustaste desde el principio, pero hasta aquel día en que fuimos de compras no pensé que tú pudieras sentir algo parecido por mí… —Me contuve de decirle que no había querido tener nada que ver con él hasta ese día—. Y sé que viviendo juntos esto puede tornarse difícil, así que ¿qué te parece si vamos viendo lo que pasa? Sin agobios.

Aquella solución sin decisiones drásticas me pareció una maravilla.

—Me parece genial.

Justo cuando me inclinaba sobre él para besarle, se irguió de golpe.

—Ya está aquí la *pizza*.

Guardé silencio, esperando, y, cuando creí que se había confundido e iba a decirle que no podía ser, oí el rumor de una moto parar justo debajo de nuestro edificio.

—¿Cómo lo has sabido? —pregunté entre risas, y terminé mi recorrido para besarle.

Recuerdo las semanas siguientes como un bálsamo de felicidad después de la inestabilidad emocional que había traído consigo el DT.

Las cosas en el trabajo iban como siempre, mis ataques de ira seguían bajo control, mi psicóloga estaba muy contenta con mis avances y Galder y yo disfrutábamos de la compañía del otro.

Tuvimos algunas citas de verdad fuera de casa y aprovechamos las noches que Josh se iba con Manu para trasladarlas al piso. En ese tiempo, aprendí sobre la naturaleza dando paseos con mi biólogo particular y compartí algunos secretillos de mi profesión cuando íbamos a una librería. También hablamos de películas y de música, de sueños de la infancia y de nuestras cosas favoritas.

A veces simplemente nos tirábamos en el sofá a ver una película, abrazados, hasta que alguno de los dos se quedaba dormido.

Y tenía la sensación de que todo era perfecto.

No tenía ni idea, claro, de que no mucho después del cumpleaños de Alex las cosas dejarían de ser de color de rosa.

Mi amiga siempre celebraba su cumpleaños en su apartamento con mucha más gente de la que debería haber en un piso. Para ser una persona tan seria, tenía un encanto que ni Josh ni yo llegábamos a comprender y que la hacía increíblemente popular. Normal que sus cumpleaños parecieran fiestas de Nochevieja en pleno octubre.

Cuando llegamos, ella y Ken iban de un lado a otro con platos llenos de comida que dejaban en distintas mesas y botellas para reponer las que la gente iba gastando.

Pillamos a Alex cuando volvía a la cocina.

—¡Felicidades! —gritamos al unísono antes de abrazarla.

Ken se acercó a Galder y Manu para saludarles y Alex hizo lo mismo cuando la soltamos.

—¡Qué bien que hayáis venido! Aunque llegáis tarde —nos recriminó, pero miró directamente a Josh.

—Marca de la casa —dijo, y se tocó el pecho como si llevara una insignia—, pero me conoces y adoras desde hace años, así que no es momento de quejarse ahora.

Antes de que se enzarzaran en una riña sin sentido, aproveché para darle nuestro regalo y así disipar la tensión. Le había ofrecido a Galder participar con nosotros en alguna otra cosa, pero me dijo que no me preocupara, que, como no la conocía lo suficiente, se notaría que solo había puesto el dinero.

Alex abrió el paquete y leyó la tarjeta.

—«Vale por un fin de semana de relax, juerga y desfase.» —Nos miró con el ceño fruncido y Josh la instó a seguir leyendo—. «Estás cordialmente invitada a tu despedida de soltera, que tendrá lugar en un sitio secreto, con gente secreta.» Ya, claro...

—¡Sigue leyendo, aguafiestas!

Alex se rio y bajó la vista al papel.

—«Solo te advertimos que deberás tener una maleta preparada desde ahora hasta el día de la boda, porque ese fin de semana puede llegar en cualquier momento.» ¿Desde ahora hasta la boda? —Alex nos miró con los ojos como platos—. ¡Si queda un montón!

—Pues prepara ropa para todas las épocas del año, por si acaso —respondí, y Alex nos abrazó.

—Gracias, chicos —susurró, emocionada—. ¡Qué nervios!

Josh se apresuró a indicarle que mirara dentro del paquete, porque, además del vale, le habíamos comprado un «Kit de relax y recuperación posfiesta» que había hecho que las dependientas de la tienda de artículos de baño casi nos pusieran una estatua.

—Aunque os dejo la despedida a vosotros tres, el regalo también va de mi parte —dijo Manu—. Nadie sabe elegir cremas de manos mejor que un profesor.

Alex se rio y le dio un beso en la mejilla.

—Bueno, yo traje esto —intervino Galder, que levantó una caja de botellas de sidra y otra con un *pack* de vasos para servirla—. No te conozco apenas, así que no sabía tus gustos, pero intuía que algo así vendría bien para la fiesta.

Si tenéis algún sitio que pueda mancharse, os ayudo a escanciarla —ofreció con un guiño.

Alex se acercó y examinó las botellas con una sonrisa.

—¡Gracias! Vendrá bien, seguro.

Ken llevó a Galder a la cocina para buscar un sitio donde servir la sidra.

—Parece que nuestro querido asturiano se sabe bien la lección de las Spice Girls —comentó Josh mientras se acercaba a una mesa a por algo de beber.

—¿Qué?

—Ya sabes: «*If you wanna be my lover, you gotta get with my friends*» —cantó—. A nosotros ya nos tenía ganados, pero parece que quiere esforzarse también con Alex y Ken.

—Me resulta bonito pensar que Mary y él están juntos gracias a nosotros —comentó Manu.

—Es que somos muy buenas personas. No todo el mundo habría ayudado a un tío desnudo que...

—Eh, que no «estamos juntos» —les interrumpí, e hice un gesto con los dedos.

—Cualquiera lo diría. —Manu dirigió una mirada elocuente por encima de mi hombro y vi a Galder mirarme de reojo con una sonrisa mientras esperaba a Ken.

El corazón se me agitó y, cuando una de las comisuras de mis labios tiró hacia arriba, Josh y Manu estallaron en risas.

—Perdonad, ¿habéis visto a Ekene?

La voz que me había sacado de mi ensimismamiento pertenecía a un hombre unos diez años mayor que nosotros que nos miraba con interés.

—Acaba de ir a la cocina —respondí, y esperé que dejara de mirarme tan fijamente. El hombre desvió la mirada en esa dirección, donde Galder y el anfitrión hablaban animadamente, e inspiró hondo antes de volver a mirarnos.

—Soy Pablo, su nuevo compañero de trabajo. ¿Podéis decirle que tuve que irme antes, por favor?

—Claro, sin problemas —respondió Manu.

El hombre se disculpó, cogió el abrigo y salió por la puerta sin decir nada.

—Qué tío más raro —comentó Josh.

Hacía solo unos minutos que aquel hombre se había marchado cuando aparecieron Ken y Galder, cada uno con un vaso en la mano.

—Pablo acaba de irse —informé, y Ken resopló.

—Es uno de mis nuevos compañeros. El otro día vino a cenar con Alex y conmigo y ella le invitó. A veces es demasiado buena, y dice que como le vio tan solo...

—¿Y eso? —preguntó Galder.

—Hace menos de un mes que ha llegado a la ciudad desde otra sucursal, así que no conoce a nadie, pero tampoco es muy sociable, de modo que no lo pone fácil.

—Pobre —comenté—. Espero que haya conocido a más gente hoy.

Ken se encogió de hombros antes de cambiar de tema.

Tras aquella noche rodeada de mis amigos en la que me reí, disfruté y bailé como hacía mucho que no lo hacía, tomé la decisión que haría que mi vida cambiara para siempre: iba a proponerle a Galder ir en serio.

¿Te vas de barbacoa o qué?

P asé los días siguientes al cumpleaños de Alex dándole vueltas a cómo iba a decirle a Galder que lo que teníamos estaba tan bien que había decidido salir con él. Que había decidido ignorar el daño que me había hecho Lucía para lanzarme a la aventura y estar con alguien de nuevo.

Tuve que contárselo a Josh porque las vueltas que estaba dándole al tema iban a volverme loca, y él se puso tan contento que casi me obligó a pedírselo esa misma noche. Pero no, ideamos un plan para que la cosa fuera romántica y un buen inicio para nuestra relación (mi amigo estaba convencido de que acabaríamos la noche siendo pareja oficialmente, sin lugar a dudas).

Así, Josh dejó caer un día durante la cena, como quien no quería la cosa, que ese viernes se iría a pasar el fin de semana con Manu. Dijo que no volvería hasta el lunes, que iría directamente al trabajo desde la casa de su novio y que se llevarían a Diminuto para ver si se acostumbraba a estar también en la otra casa.

Galder se limitó a mirarme de forma pícara al saber que nos quedaríamos solos todo el fin de semana y no volvimos a tocar el tema. ¡Todo iba sobre ruedas!

Por eso el viernes, cuando salí de trabajar, me pasé por

el supermercado y fui corriendo a casa para preparar una cena romántica antes de que él llegara de la academia. Josh me había llamado «peliculera» por montar aquello en vez de salir fuera, pero a mí me daba igual: quería preparar una cena romántica, decirle lo que sentía y que fuera lo que tuviera que ser.

Acababa de sacar el plato principal del horno cuando la puerta de la calle se abrió. El sonido de la alarma de un móvil precedió la entrada de Galder.

—Tengo que darme prisa o no llegaré a tiempo...

Fruncí el ceño ante sus murmullos nerviosos; él iba de un lado a otro cogiendo cosas sin ser consciente de que yo estaba en la casa. Iba a salir de la cocina justo en el momento en que él entró.

—¡Mary! ¿Qué haces aquí?

—Vivo aquí —solté, y esbocé una sonrisa confusa—. He preparado la cena.

Galder se quedó en silencio un momento y me dio un beso en los labios.

—Ojalá pudiera quedarme a cenar, pero tengo que irme. ¡Seguro que a Josh le encanta!

—¿A Josh? Manu y él iban a pasar el fin de semana juntos.

—Mierda, es verdad... Mañana podemos cenar juntos si quieres. Hoy no puedo.

Abrió el frigorífico, sacó unos filetes que habíamos comprado y se los guardó en la mochila.

—¿Te vas de barbacoa o qué? —pregunté, sin poder ocultar lo molesta que me sentía porque hubiera olvidado que nos quedaríamos solos el fin de semana.

—Algo así —respondió. En ese momento, dio un respingo y se asomó a la ventana que tenía detrás. Vi que se ponía blanco—. ¿Este mes la luna sale antes?

Me encogí de hombros, ¿a qué venía eso?

—Supongo que sí, por el cambio de hora.

—Mierda —susurró—. Tienes que irte —sentenció, y se puso a rebuscar en unos cajones.

—¿Cómo? Galder, ¿qué narices te pasa?

—Lo siento, Mary, no puedo explicártelo. Solo necesito que te vayas del piso.

—Pero ¿un rato o cuánto? ¿No habías quedado? —pregunté, molesta.

Galder suspiró y dejó su mochila en el suelo antes de dirigirse a su dormitorio.

—No, toda la noche. Te puedo pagar un hotel si quieres, pero es muy importante que no vengas hasta mañana por la mañana.

Comprenderás que tuviera la cabeza a mil por hora con todas las teorías posibles sobre por qué me estaba echando del apartamento de repente y que ninguna me pareciera satisfactoria.

Mientras le oía trastear en su cuarto y sin intención de seguir la conversación, suspiré y cogí mi abrigo. «Pues sí que ha salido bien la noche romántica.»

—Que te aproveche la cena que he preparado… Me voy a casa de Alex. No me apetece estar aquí ahora mismo.

Tenía una mano en el pomo de la puerta cuando oí que cerraba un cajón de golpe.

—¡Mierda!

Me di la vuelta, siguiendo a una parte de mi mente que no tenía nada que ver con la cordura, y entré en su cuarto.

—¿Va todo bien?

Galder, que se mordía el labio inferior, me miró un instante. Estaba sudando, como si estuviera enfermando por momentos. ¿Qué demonios estaba pasando?

Bajé la vista de su cara y vi que sostenía en las manos unas cadenas gruesas y un candado del tamaño de un puño cerrado.

—Necesito que hagas algo por mí, pero no puedes preguntarme por qué.

Me contuve de preguntar y asentí. Entonces se acercó a mí, me besó con profundidad en los labios y me puso las cadenas en las manos.

—Átame al cabecero de la cama, por favor. —Enarqué una ceja con picardía y él insistió—. No es lo que tú piensas, pero es muy importante. Hazlo, y pon este candado para cerrar las cadenas. —Me lo puso sobre la mano y me dio la llave—. Luego guarda la llave en el cajón de mi mesilla y sal. Tienes que darte prisa.

—Galder, no entiendo nada.

—No tengo tiempo, por favor, hazlo —volvió a pedirme, y no tuve más remedio que encadenarle mientras me preguntaba qué estaría pasando.

A medida que colocaba las cadenas alrededor de su cuerpo, con fuerza, Galder comenzó a convulsionarse y a hacer ruidos extraños.

—¿Estás bien? —pregunté, preocupada—. ¿Necesitas ir al hospital?

Él negó con la cabeza y me instó a seguir.

Cuando terminé de hacer lo que me pedía, me alejé y me fijé en su aspecto, aún más pálido y sudoroso. Estaba a punto de quitar el candado para llevarle a urgencias a la fuerza cuando me fijé en que las venas de sus brazos estaban más hinchadas de lo normal y el vello de su cuerpo estaba más largo y grueso que de costumbre.

—¿Galder...?

—Vete —me pidió con voz ronca—. Cierra esta puerta y la de la calle también. Coge... las llaves —dijo con dificultad—, y cierra la puerta principal. Por favor...

A medida que hablaba, parecía que su estructura ósea cambiaba, y habría jurado que los huesos del cráneo se le habían empezado a notar más, que su mentón se había desplazado hacia delante y que su cuerpo se había agrandado.

No logré contener un grito, pero sí la información que acababa de darme. Salí corriendo del cuarto y cerré la puerta y, dejando olvidada la deliciosa comida que había preparado, cerré la puerta principal con llave antes de bajar corriendo por las escaleras.

Pesadillas

S i aquella noche dormí, debieron de ser solo unos minutos, vencida por el cansancio. Corrí durante más de media hora por las calles, con las llaves de Galder aún en la mano y deseando ir a casa de Manu para estar con Josh y con él, pero no podía.

¿Qué iba a hacer? ¿Estropearles la noche romántica porque Galder se estaba convirtiendo en... un monstruo?

Pensarían que estaba loca.

Cuando empecé a notar que me faltaba el aire, paré y miré a mi alrededor. Primero a mi espalda, por si el monstruo me había seguido, y después en torno a mí. La zona no me sonaba de nada. Saqué el móvil y activé mi ubicación. Me había alejado tanto de casa que casi había llegado a la siguiente parada de metro.

Estaba en medio de la calle, empezando a notar el sudor enfriarse en contacto con el aire gélido de la noche, cuando vi que había un hotel a pocas manzanas de donde estaba. Comprobé que tenía la cartera en el bolsillo del abrigo y me dirigí hacia él.

No sé cómo conseguí dar mis datos en el estado de nervios en el que me encontraba. La mujer que se encargaba de la recepción a aquellas horas me preguntó si necesitaba ayuda y le dije que no, que solo necesitaba una habitación en una de las plantas altas.

Ella torció un poco el gesto, pero no dijo nada más. Y me dio una habitación en la última planta.

Subí en el ascensor con la tarjeta en la mano, me controlé para no revisar cada recoveco del pasillo y entré en mi habitación. Cerré con fuerza nada más entrar, eché todos los cerrojos que había y encendí todas las luces.

Revisé el baño, por si acaso, y me asusté al mirarme en el espejo. Tenía un aspecto lamentable, de modo que no me extrañaba que la recepcionista me hubiera preguntado si estaba bien.

Llevaba el abrigo medio caído de uno de los hombros y los rizos alborotados alrededor de la cara. Mi expresión mostraba una mezcla de sorpresa y terror constante, por mucho que intentara cambiarla, y el maquillaje se me había corrido. Así que debía de haber llorado en algún momento.

Me aparté del espejo meneando la cabeza, me quité el abrigo y me metí en la cama.

Fue entonces, cuando me permití respirar con tranquilidad por primera vez en casi una hora, cuando fui consciente de lo que había pasado.

Acababa de encadenar a Galder a petición suya. Acaba de dejarle encerrado en casa. Y el motivo era que…, bueno, que se estaba convirtiendo en un monstruo.

Pensarlo me daba hasta risa, pero, en cuanto recordaba cómo su boca se había transformado en un hocico, cómo sus venas se habían hinchado, cómo su cuerpo se había cubierto de pelo grueso y oscuro…, me daban ganas de ponerme a gritar.

¿Habrían bastado las cadenas? ¿Habría logrado salir del piso? Parecía que sabía lo que iba a pasarle, así que ¿qué demonios pensaba hacer? ¿Pasearse con esa pinta por la ciudad? ¿Matar a gente?

—¡Diminuto!

Salté de la cama con el corazón a mil por hora pensando en el pobre gato encerrado en casa con Galder, pero entonces recordé que Josh se lo había llevado y casi me puse a llorar del alivio.

Todo aquello me parecía surrealista. Claro que Diminuto se escondía cada vez que le veía aparecer, claro que estaba a disgusto cerca de él... ¡Habíamos metido en casa a un... un...!

Sintiendo que me faltaba el aire, me puse de pie y empecé a dar vueltas por la habitación. Al ver que no servía de nada, abrí la ventana que daba a un pequeño balcón y casi me lancé contra la barandilla.

El aire frío me dio de lleno en las mejillas y llenó mis pulmones como si solo en él pudiera encontrar el oxígeno que me faltaba. Cuando mi respiración se calmó y el ataque de pánico pareció remitir, miré al cielo oscuro para intentar despejar la mente.

No sirvió de mucho.

Más que nada porque lo primero que vi fue una luna enorme y redonda. Había luna llena aquella noche, igual que el día en que Galder se había marchado corriendo de casa el mes anterior.

—No puede ser... —susurré, aterrada—. ¿Galder es un hombre lobo?

Después de todo lo que te he contado, ya sabrás que no he tenido muy buena experiencia con las relaciones. No es algo de lo que haya hablado mucho con mi psicóloga, así que no sé si mi tendencia a desconfiar es por culpa de mis padres, mía exclusivamente o del universo, que tiene un exceso de mala gente por metro cuadrado. El caso es que, cuando por primera vez en mi vida tengo la sensación de poder estar con alguien que no se dedica a robarme el postre en cada cita, resulta que... ¿Qué? ¿El tío que me gusta es un hombre lobo?

Esto me lleva a que hay otra cosa que deberías saber sobre mí, y es que no soy muy fantasiosa. Las historias de fantasía están muy bien para ver a Viggo Mortensen con el pelo largo y sin duchar o a Liv Tyler hablando en élfico de una forma curiosamente *sexy*, pero no para la vida real.

No, yo no soy el tipo de persona que se cree algo solo porque se lo cuenten.

Así que, cuando me contaron historias sobre el Coco y similares, yo no me las creí. Bueno, quizás con cinco años sí, pero tampoco puedes pedirle mucho a alguien que aún no ha terminado la educación infantil.

Imagino que sabiendo esto supondrás que, si alguien me hubiera dicho que iba a acabar pillada por un tío que se transforma en lobo cada luna llena, me habría reído. La verdad es que suena divertido cuando no es verdad.

Pero sí que lo era.

Y no era nada divertido.

Lo único que recuerdo de aquella noche una vez que acepté que Galder era en realidad un hombre lobo es que no pude dejar de temblar.

También recuerdo ducharme a las dos de la mañana, porque había llegado a la conclusión de que los perros tienen muy buen olfato y no quería que me rastreara si lograba liberarse.

Y luego me quedé dormida de puro agotamiento. Y tuve las peores pesadillas de mi vida… Al menos hasta ese momento.

Las que tuve unos meses después fueron aún peores.

Voy a necesitar más información

El teléfono me despertó a la mañana siguiente, cuando los rayos del sol ya entraban con fuerza desde la ventana.

—¿Diga? —dije con voz somnolienta.

—Hola, Mary. —La voz de Galder hizo que me despertara de golpe y me sentara muy recta sobre la cama. Ya no sonaba ronca, como la noche anterior—. ¿Cómo estás?

¿Qué clase de pregunta era aquella? ¿Y por qué no tiraba el móvil contra la pared en ese preciso instante?

—No sé qué decirte —respondí mientras luchaba contra mi deseo de colgar—. ¿Tú estás mejor?

Tuve que contenerme para no reírme de mi propia pregunta. «¿Estás mejor?». Como si se hubiera constipado en lugar de convertirse en un lobo.

—Sí. —Carraspeó—. Vuelvo a ser yo mismo.

Me quedé en silencio, sin saber qué más añadir. Seguramente Galder quería que le dijera que todo estaba bien y que fingiera que lo de la noche anterior no había pasado. Pero sí que había pasado y me asustaba demasiado para poder olvidarlo.

—Mary —dijo, llamando mi atención de nuevo—, supongo que no quieres volver a verme nunca, y créeme que lo entiendo. —Cogió aire—. Me encantaría hablar contigo sobre esto, si quieres… Además —añadió—, si quieres que me vaya de casa, voy a necesitar que vengas; tienes mis llaves.

Desvié la mirada a la mesilla de noche. Sus llaves estaban tiradas junto a las mías. Les había enganchado un llavero en el que había una hoja tallada en madera y sujeta con un trozo de cuero al aro metálico. No me había hablado de él, pero estaba segura de que lo había hecho a mano.

Guardé silencio durante unos instantes.

Las manos de Galder habían aumentado de tamaño la noche anterior y sus dedos se habían acortado un poco. Las uñas le habían crecido y parecían lo único que sobresalía entre la espesa mata de pelo.

Sacudí la cabeza para quitarme la imagen de la cabeza e intenté recordar cómo eran sus manos normalmente. Grandes, fuertes, con dedos largos y uñas redondeadas…

—¿Mary? ¿Sigues ahí?

—Sí —dije finalmente, con voz temblorosa—. Iré a abrirte y a devolverte las llaves.

—¿Querrás quedarte a hablar de lo de ayer? ¿O del piso?

—No lo sé —respondí con sinceridad—. Me lo pienso de camino.

Recordaba la primera vez que le había visto: en el hospital, algo magullado y después de haber aparecido desnudo en medio de la ciudad la noche anterior. En aquel momento había comprado totalmente la historia del atraco al pobre chico asturiano, pero ahora… Después de lo que había visto, no podía dejar de preguntarme si la noche en que Josh y Manu le habían encontrado había habido luna llena también.

Aunque tenía llaves, llamé al telefonillo al llegar. Galder me abrió enseguida y subí con sus llaves en la mano. Cuando abrí la puerta, le encontré a unos metros de ella, mirándome con cara de preocupación.

—Hola —dijo simplemente. Tenía el mismo aspecto que un mes atrás: pálido, con ojeras, despeinado y visiblemente cansado.

—Hola —respondí. Me acerqué despacio y estiré el brazo—. Aquí tienes tus llaves.

Las puse sobre su mano y me alejé antes de que pudiera tocarme. Aún no estaba preparada para nada más que aquello.

—Supongo que no quieres sentarte y hablar —conjeturó.

Me sentía como si acabáramos de romper y él intentara solucionar algo grave que hubiera hecho. Pero no era así. No es que yo supiera mucho de hombres lobo por aquel entonces, pero intuía que aquello no era algo que él eligiera hacer cada mes. Tampoco me había hecho daño, en realidad. No había nada que me impidiera hablar con él más allá del miedo que sentía al pensar en la noche anterior.

Le miré a los ojos y respondí antes de arrepentirme.

—Sí que quiero —dije, y cerré la puerta a mis espaldas.

Galder se sentó en el sofá y yo hice lo mismo, en el extremo contrario.

—Antes que nada, siento que vieras eso ayer —empezó—. No quería que tuvieras que presenciarlo, y siento las pesadillas que hayas podido tener esta noche. —Se tapó la cara con las manos y se apoyó sobre las rodillas—. Pero no me acordaba del cambio de hora.

Yo cogí aire con tanta rapidez que estuve a punto de atragantarme.

—Así que eres un hombre lobo de verdad —susurré.

Galder levantó la cabeza y me miró, sorprendido.

—Veo que no perdiste el tiempo esta noche —murmuró. Cogió aire, se irguió y me miró—. Tienes razón: soy un hombre lobo.

Saber que aquello era verdad me asustó más de lo que había creído que me asustaría. Una pequeña parte de mi mente había esperado que todo hubieran sido imaginaciones mías y que estuviera soñando, o borracha en algún sitio. Pero no. Era verdad. El hombre con el que compartía casa, al que había estado a punto de pedir salir, era un hombre lobo.

—Oh, Dios mío —susurré mientras me tapaba la boca con las manos y no dejaba de mirarle—. ¿Es verdad? —Galder asintió—. ¿Y te transformas todas las lunas llenas? ¿Matas a gente?

—¡Claro que no!

Estaba empezando a ponerme muy nerviosa, así que Galder, muy despacio, se levantó del sofá y fue a la cocina. Volvió unos segundos después con un vaso de agua.

—No mato a gente —repitió mientras me daba el vaso—. Intento que la bestia no me controle, pero no siempre es fácil.

Bebí tragos pequeños, sin dejar de mirarle, y decidí que aquello no era suficiente para tranquilizarme.

—Voy a necesitar más información, porque estoy a punto de salir corriendo —expliqué.

—De acuerdo. —Galder se tomó un momento para pensar y me miró—. Supongo que lo que sabes lo viste en películas o lo leíste, pero te adelanto que no soy un hombre lobo porque me mordiera uno. De hecho, nunca vi a otro hombre lobo.

Le miré muy sorprendida.

—Entonces, ¿por qué...?

—¿Recuerdas que te dije que tengo seis hermanas mayores? —Asentí, sin saber adónde quería ir a parar—. Existe una leyenda, que yo no conocía, que dice que, tras seis hijas, cuando el séptimo hijo es un varón, está destinado a ser un hombre lobo. —Le miré enarcando una ceja, y él se forzó para no reírse—. ¿Te parece creíble que me mordiera un hombre lobo pero no esto?

Ahí tenía razón.

—Lo siento —me disculpé, y levanté las manos.

—Yo no sabía nada de esta leyenda, ni mi familia tampoco, así que crecí en el pueblo donde había nacido teniendo amigos y haciendo las cosas que el resto de los guajes de mi edad hacían. Todo eso terminó cuando tenía unos dieciséis años y empecé a notarme cambiar. Crecí más que los demás, me salió barba muy pronto y empecé a dormir mal, especialmente las noches de luna llena.

»Mis padres lo achacaron al crecimiento y no le dieron importancia, pero uno de mis profesores quiso hablar conmigo después de las clases un día. —Galder guardó silencio un momento, como si le costara seguir hablando—. Me pidió que le contara lo que me pasaba porque había estado actuando de forma extraña durante un tiempo y se había dado cuenta. Galder volvió a guardar silencio y sorbió por la nariz.

—¿Estás bien? —pregunté. No me atreví a acercarme para ofrecerle consuelo, pero quería asegurarme.

—Sí, tranquila —dijo con una media sonrisa—. El caso es que el profesor había visto mi ficha antes de pedirme hablar con él, cuando había empezado a notar que actuaba de manera extraña. Sabía que tenía seis hermanas mayores, y eso, junto con los cambios en mi aspecto, le dio las pistas que necesitaba, así que decidió contarme la leyenda.

»Al principio no le creí y creo recordar que le dije que estaba loco. Me fui de su despacho enfadado y no volví a clase al día siguiente, pero aquel fin de semana, con la luna llena, tuve unas pesadillas terribles. Soñé que se me desgarraban los músculos de los brazos y las piernas y que crecían tanto que no podía mantenerme en pie, así que tenía que ponerme a cuatro patas para mantener el equilibrio. Después de eso, el sueño cambió y me vi corriendo por unos bosques oscuros hasta un precipicio. En mi sueño no podía parar de correr, así que caía al vacío.

»Aquel lunes fui yo quien le pidió a mi profesor hablar con él, y le conté lo que había soñado. Le pregunté si iba a denunciarme a la policía, si tenía que ir a la cárcel, pero me dijo que estaba bien, que no era culpa mía. Este hombre —aclaró— era hijo de la pareja que había llevado el herbolario del pueblo. Siempre se habían oído rumores de que los antepasados de esa familia hacían magia y sus remedios eran pócimas en realidad, pero nunca había creído nada de ello hasta que llegó esta... esta pesadilla.

Galder suspiró y fue a la cocina a por un vaso de agua para él también. Cuando llegó al salón ya se lo había bebido, pero no volvió a rellenarlo. Se sentó y continuó hablando.

—Los padres de mi profesor le habían contado leyendas y le habían indicado qué señales buscar cuando había comenzado a trabajar en la escuela. Le habían advertido de que la adolescencia conlleva cambios en todos los humanos, pero que los cambios que sufre alguien destinado a convertirse en un hombre lobo son más evidentes. Mi profesor decía que no les había creído ni por un momento. —Sonrió—. Hasta que me había visto.

»A partir de ese día, empecé a pasar dos tardes a la semana con él, aprendiendo más sobre las leyendas de los hombres lobo y cómo intentar minimizar los daños. Me dijo que la bestia que se libera en un hombre lobo es tan poderosa que no hay manera de controlarla. El lobo se pasa un mes encerrado dentro del cuerpo del humano, así que al salir solo siente rabia y hambre. —Galder meneó la cabeza—. Pero sí que hay formas de evitar que se vuelva peligrosa para los demás.

»Me recomendó construirme un cobertizo que pudiera cerrar con un candado, y que lo rodeara de placas de metal si tenía acceso a ellas. De esa forma, cuando llegara una luna llena, podía meterme dentro, cerrar con llave y pasar la noche ahí. También me recomendó llevar carne cruda y dejarla en algún sitio escondido entre aquellas cuatro paredes para que el lobo pudiera saciar su hambre de cazar y comer, y calmarlo al menos durante unas horas. Me prometió que al amanecer todo acabaría.

»Y así es, de hecho —dijo, y se señaló—. Tardé mucho en transformarme por primera vez —continuó—, pero me aterrorizaba la posibilidad de que ese día llegara antes de tener el cobertizo terminado. —Galder esbozó una sonrisa—. Lo construí con ayuda de mi padre. Le dije que quería tener un sitio para estar solo y tranquilo, que mis hermanas tenían sus cosas y como eran más mayores a veces no me comprendían… Y no era mentira, pero la razón fundamental era que necesitaba ayuda: no sabía nada de construcción y necesitaba que el cobertizo fuera seguro.

»Al final acabamos haciendo un pequeño cuarto de herramientas bastante alejado de la casa, por detrás del establo, con ladrillos y cemento, y reservamos un espacio para que pudiera poner un sofá, una lámpara y llevar algunos cómics. Mi padre me dijo que no quería perder la oportunidad de poner un poco de orden entre las cosas que necesitaba para trabajar, y que me daría libertad para usar el cuarto si compartía el espacio con sus herramientas.

—¿No sospechó nada?

—¿Que su hijo estaba a punto de convertirse en un hombre lobo? No. ¿Que quería ese cuarto con fines mucho menos nobles que los que le había contado? Por supuesto. Pero eso sirvió para que no hiciera preguntas cuando me escabullía las noches de luna llena y para que me dejara una caja de preservativos en uno de los cajones. Por si acaso.

No pude evitar esbozar una media sonrisa, pero la calma duró lo mismo que Galder tardó en tomar aire para seguir.

—Estuve yendo a la casa durante muchos meses antes de que sucediera, sin saber cuándo me transformaría. Pasó el verano y, de tanto esperar, ya me había leído todos los cómics que había guardado allí. —Galder cogió aire y supe que llegaba el momento—. La primera noche que me transformé en hombre lobo no me lo esperaba y me asusté mucho. Había cogido la costumbre de sacar todos los objetos frágiles del cuarto para no romperlos, porque no sabía qué pasaría cuando me transformara, pero no había esperado perder toda conciencia de quién soy. No recordar nada... Ahora estoy más acostumbrado, claro, y sé que todo desaparece con los primeros rayos del sol.

Le miré con los ojos entrecerrados y busqué signos como los que había visto la noche anterior, pero no vi nada. Era cierto que todo pasaba tras esa noche. Galder parecía él mismo otra vez.

—¿La noche en que te encontraron desnudo te habías transformado? —pregunté.

Galder asintió.

—Era cierto que acababa de llegar a Madrid, y con el lío del viaje me había equivocado y pensaba que no habría luna llena hasta la noche siguiente. Cuando me di cuenta de lo que me estaba pasando, me colé en la estación de tren y me encerré en el cuarto más escondido que encontré para ponerle las cosas difíciles al lobo. Sé que salí de la estación poco antes del amanecer, por eso Josh y Manu me encontraron en la calle.

Sentí un escalofrío al pensar en lo que habría podido pasar.

—¿No mataste a nadie esa noche?

Galder negó enérgicamente.

—Creo que me comí algún pájaro y, por lo que vi en Internet, destrocé los cierres de una tienda de bocadillos y acabé con su inventario… Pero no vi a ningún ser humano aquella noche. —Inspiró hondo—. Estoy seguro de que pasé toda la noche en la estación, hasta que mi cuerpo empezó a reducirse con el amanecer y logré colarme por la ventana que había roto para entrar. No recuerdo mucho más —reconoció con un encogimiento de hombros que estuvo a punto de resultarme encantador.

La cabeza me daba vueltas con tanta información. Era una suerte que Galder hubiera podido encerrarse en la estación de tren y que no hubiera nadie cerca cuando se transformó. Habría podido matar a alguien y no ser consciente de lo que hacía…

—Necesito un poco de tiempo para pensar en todo esto —dije, y me puse de pie—. Te agradezco mucho que hayas sido tan sincero conmigo, pero… No lo sé… —Me giré para marcharme—. Josh y Manu no vienen hasta mañana y yo todavía no sé cómo sentirme respecto a lo que acabas de contarme…, así que quédate en casa el fin de semana. Yo necesito pensar.

—No digas nada de esto, por favor —me pidió Galder con un hilo de voz—. Te cuento esto porque… —Guardó silencio un momento y me giré para mirarle—. Bueno, porque confío en ti. Al principio no estaba seguro de si quería arriesgarme a intentar algo contigo porque sé que no soy una persona normal con la que… —Se interrumpió bruscamente—. Mary, en estos meses, yo…

No pude escuchar más. Negué con la cabeza y salí por la puerta.

Miedo
al compromiso

Para ser sincera, no recuerdo mucho de lo que ocurrió con mi vida los días siguientes aparte de mirar por encima de mi hombro cada dos por tres, evitar las preguntas de Josh y recordar bien los detalles de la coartada que Galder me había contado para explicar por qué no estaba en casa cuando mi amigo volvió.

Tras nuestra conversación, yo había vuelto al hotel y había pagado dos noches más para poder quedarme a pasar el fin de semana. No sabía si dormiría allí de nuevo, pero no tenía familia en la ciudad y no sabría qué decirle a Alex si me presentaba en su casa con cara de haber visto un fantasma.

O de haber estado a punto de pedirle salir a un hombre lobo.

Solo de recordar la noche del viernes... Había preparado una cena deliciosa, que esperaba que no se hubiera echado a perder, y había esperado en casa, dispuesta a empezar una relación con él. Dispuesta a decirle lo que sentía y a tirarme a la piscina de los sentimientos. ¿Y qué me encuentro? A un hombre lobo en la piscina. A mi posible novio convirtiéndose en una criatura peluda y llena de venas y músculos que me pide que le encadene para no salir a matar a la gente. Encantador todo.

La noche del domingo, cuando Josh llegó a casa y la encontró vacía, me llamó para preguntarme por la nota que Galder había dejado antes de irse.

Por lo visto se había inventado que tenía que volver a Asturias unos días y que no sabía si volvería. Nos había dado las gracias por todo y había dejado en la mesa el dinero suficiente para pagar su parte de alquiler lo que quedaba de mes. Y un cabecero nuevo para la cama de su cuarto (cosa que vi cuando entré en su habitación unos días después y que no sé si llegó a explicar a Josh).

Debo reconocer que estaba algo más aliviada al volver a casa aquella noche y, al mismo tiempo, me dolía mucho estar pensando aquellas cosas y dudando si quería volver a ver a Galder. Por mucho que me gustara... ¡era un maldito hombre lobo!

Cuanto más lo pensaba, menos lógico me parecía todo. Estoy segura de que no me lo habría creído de no haberlo visto con mis propios ojos. Él me había pedido que no se lo contara a nadie y no pensaba hacerlo, pero ¿de verdad alguien me iba a creer? ¿Me crees tú?

—Qué rara estás últimamente —comentó Josh una noche, mientras cenábamos—. Al principio no querías que Galder viniera a vivir con nosotros, pero desde que no está te noto... apagada.

Esbocé una media sonrisa.

—¿Como si me estuviera quedando sin pilas?

—Bromea todo lo que quieras, pero no me equivoco. ¿Pasó algo con Galder el finde que me fui con Manu?

—No, qué va. Supongo que me ha pillado desprevenida todo esto de que se fuera —respondí, sin saber cómo hablar del tema sin contar el secreto de Galder—. Ya sabes que antes de que se marchara estuve planteándome si empezar a salir con él...

—¿Empezar?

—... Y en realidad no sé si estoy preparada para convivir

110

con todas sus facetas —continué, ignorando la pulla—. ¿Y si descubro algo de él que no me gusta?

—Para empezar, ya has convivido con él un tiempo; habrá facetas que no conoces, por supuesto, pero muchas las tienes vistas ya. Para seguir: por muy alto y guapo que sea nuestro asturiano, no es perfecto, porque nadie lo es. Habrá cosas que no te gusten, seguro —explicó, y alzó los dedos para enumerar—. Y, para terminar, puedes hacer lo que quieras con tu no relación con él, pero hay algo que tengo claro: le gustas mucho.

Mis mejillas empezaron a arder.

—Bueno, a ver...

—No pongas esa cara porque tú también lo sabes: ha intentado llevarse bien contigo desde el principio y después del día del beso se le van los ojos para mirarte todo el rato como si fueras...

—¿Un chuletón?

—¿Qué? No, tonta. Iba a decir «una diosa» o algo así. —Josh se rio y bebió un trago de agua—. Un chuletón, dice...

La conversación con Josh me hizo pensar.

No soy una persona sencilla. No creo que nadie lo sea, en realidad, pero esta es mi historia, así que no voy a echarle cargas encima a nadie más.

El caso es que durante toda mi vida me ha resultado muy difícil tener una relación seria y estable. Hasta que llegué a la universidad ni entraba en mis planes, pues la vida en el instituto cuando estás más gorda que la media de chicas de tu clase no es sencilla. ¿Sabes la cantidad de veces que ni me planteé que «ese chico que me mira mucho y me ha sonreído de vez en cuando» pudiera estar interesado en mí? ¿La cantidad de veces que me menosprecié solo porque otros lo hacían?

Cuando puse fin a ese bucle de pensamientos que no iban a llevarme a ningún lado y acepté que este es mi cuerpo y que con él es con el que voy a vivir siempre, las cosas cambiaron. Empecé a confiar más en mí misma, a lanzarme de vez en cuando y a recibir rechazos y recompensas a la valentía, como todos. Todo depende de cómo hubiera juzgado antes a la persona en cuestión.

Y así acabé teniendo alguna que otra relación «larga», pero que no llegó a buen puerto nunca: bien porque resultó que no éramos tan compatibles como creíamos, bien porque uno de los dos se acabó cansando o bien por mis problemas para controlar la ira. Supongo que no hace falta que te recuerde cómo acabó mi última relación tras el DT.

De hecho, había ido acumulando relaciones sin sentido hasta que Lucía se fue y me dejó con la misma desconfianza en el amor que había sentido cuando mis padres se divorciaron. ¿Y qué me traía el universo para poner fin a esa situación? A un hombre lobo.

De todas las cosas difíciles que podía ponerme la vida por delante para tener una relación significativa con alguien, y lo más original que se le ocurría era plantarme a un hombre lobo encantador en el camino. ¿Es que acaso había insultado alguna vez al que toma las decisiones en esto? Puede que sí.

Aunque, si me paraba a pensarlo, lo único negativo que había descubierto de Galder en aquellos meses era eso: que era un hombre lobo. Nada más.

Así que... ¿qué era lo que me estaba asustando tanto? ¿La posibilidad de que mi novio me matara sin querer convertido en un lobo durante una luna llena? ¿O el hecho de que, si no fuera por ese «detalle», ahora mismo estaríamos saliendo y seguramente me haría muy feliz?

Así fue como descubrí que había cogido un pelín de miedo al compromiso y que, aunque una parte de mí estaba deseando darle una oportunidad a una relación con Galder, la otra se sentía aliviada de que hubiera aparecido un obstáculo que me impidiera salir herida de una relación otra vez.

Aunque, claro, el obstáculo esta vez podía hacerme salir literalmente herida.

Galder, asturiano querido

Me pasé todo el día siguiente a mi conversación con Josh dándole vueltas a mi (quizás no tan reciente) miedo al compromiso, hasta que llegué a una conclusión. Antes de arrepentirme de la decisión que eso conllevaba, llamé a Galder.

Su voz sonó sorprendida al coger el teléfono.

—Hola, Mary.

—Hola... —«Mierda, le estoy llamando tan tranquila y a lo mejor está en su casa sintiéndose mal por...»—. ¿Estás en Asturias?

Tardó unos segundos en responder.

—La verdad es que no. No se me ocurría otra excusa para ponerle a Josh y sabía que no podía quedarme en el piso, así que... le dije que volvía a Asturias.

—¿No le dejaste una nota?

—Sí, pero también hablé con él. Me llamó por teléfono al día siguiente de irme.

Vaya, tendría que hablar con mi amigo acerca de eso de tener esta clase de secretos.

—Vale... Te llamaba porque quiero quedar contigo. Si te parece bien.

—¿Estás segura de que quieres que nos veamos? El otro día me quedó claro que...

—Te dije que necesitaba un poco de tiempo para pensar en todo y ya han pasado unos días.

—Entonces, ¿quedamos para tomar un café?

A la hora prevista, y repasando mentalmente todo lo que había vivido, visto y pensado durante aquellos meses, estaba en la puerta de la cafetería, esperando. Galder no tardó en aparecer. Le vi acercarse, con un brillo ilusionado y una media sonrisa, y se me aceleró el pulso.

Esa expresión, teniendo en cuenta la cara con la que me había mirado la última vez que nos habíamos visto, me gustaba mucho más.

—Hola —dijo, y me besó en la mejilla tras unos instantes de duda. Yo le puse una mano sobre el brazo y decidí que aquello era un saludo apropiado, dada la situación.

Una vez que estuvimos dentro con nuestras bebidas delante, Galder fue quien rompió el hielo.

—¿Cómo estás? —preguntó—. ¿Cómo estuviste estos días?

—Ahora estoy bien —respondí, y asentí despacio—. Me ha costado un poco, porque tenía demasiadas imágenes en la cabeza... Pero estoy mejor. ¿Y tú?

—Ahí voy. Cuando te fuiste tan de golpe el otro día me enfadé un poco... Pero te entiendo —añadió—. No sé cómo reaccionaría yo si me enterara de algo así de repente.

—Siento no haberme despedido —me disculpé—, y no haberte escrito en estos días. Pero necesitaba pensar.

—¿Y qué pensaste?

—En todo —respondí, riéndome—. En ti, en mí, en estos meses, en el otro día... Tengo que ser sincera contigo: no me lo esperaba y no supe cómo manejarlo. Ni siquiera sé si ahora soy capaz.

—Entiendo —asintió Galder.

—Todo parece tan irreal...

—Pero no lo es. —Bajó la cabeza, como si el peso de su naturaleza le aplastara—. Es real y entiendo que dé miedo. A mí me da miedo —reconoció—. Así que no voy a reprochártelo si decides que no nos veamos más. No puedo hacerlo.

»De hecho... Al principio pensaba marcharme de Madrid de verdad, pero no quería volver a Asturias. Además, ya tengo un trabajo aquí, así que pensaba ahorrar un poco y buscar otra ciudad en la que vivir en unos meses.

Me quedé mirándole un momento. Galder aceptaba lo que yo hubiera decidido antes incluso de decírselo. Entendía que aquello podía ser demasiado para mí y no intentaba presionarme ni mentirme para quedarme con él. Tampoco me había escrito sin parar ni insultado en estos días que había desaparecido, cosa que otros exs humanos sí que habían hecho cuando había decidido terminar una relación...

Él, simplemente, aceptaba lo que tuviera que ser porque quería lo mejor para mí.

Y eso de que pensaba irse a otra ciudad... No me gustaba pensar que alguien tan estupendo como Galder tuviera que andar buscando un sitio nuevo donde vivir cada poco tiempo solo porque su naturaleza le dificultaba el tener una vida normal. Además, pensar en él empezando una nueva vida en otra ciudad y sin que yo tuviera nada que ver en ella... me puso triste.

Aquello me conmovió y me hizo reforzar la idea que ya traía conmigo aquella tarde: tal vez lo mejor para mí era estar con él. Era cierto que no había entrado en mis planes salir con un hombre lobo, y que seguramente eso era lo último que cualquier madre habría querido para su hija... Pero tenía la sensación de que aquello era lo que me hacía realmente feliz.

Podía hablar con Galder de lo que fuera, me lo pasaba bien con él, no me había juzgado por mis ataques de ira, era paciente y comprensivo... Y, lo más importante, me sentía muy bien cuando estaba con él.

—El día en que te vi... —Le señalé el cuerpo con las manos y Galder entendió a qué día me refería—. Ese día había preparado la cena y pensaba pasar la noche contigo, si decías que sí.

—¿A qué? —preguntó, y enarcó una ceja.

—A salir juntos. —Galder medio sonrió durante un instante, pero su sonrisa se borró al recordar lo que había pasado aquella noche en realidad—. Después de este tiempo me lo he pasado tan bien contigo, he estado tan a gusto… que quería pedirte que empezáramos a salir de verdad. Sé que suena raro porque ya vivimos juntos, pero quería que *estuviéramos* juntos. Todo el mundo piensa que ya lo estamos, de todas formas…

Galder soltó una risa amarga.

—Habrá que ir diciéndoles que se quiten eso de la cabeza.

—Por mi parte, no —solté—. Sé que lo que voy a decir suena a locura teniendo en cuenta lo que vi el otro día, pero quiero estar contigo. Si tú también quieres.

Galder se quedó mirándome como si acabara de ponerme a cantar en medio de la cafetería. Tenía los ojos como platos y las mejillas más sonrosadas que antes. Entonces una comisura empezó a tirar de sus labios para formar una sonrisa.

—¿Lo dices en serio? ¿Entiendes lo que te conté el otro día?

—Lo entiendo, y durante estos días he tenido mucho tiempo de darle vueltas y, bueno, creo que lo tengo claro: quiero que estemos juntos —repetí—. Nos las apañaremos para adaptarnos el uno a las partes oscuras del otro.

Galder soltó una carcajada y me besó.

—¿Eso es que tú también quieres?

Por toda respuesta, siguió besándome.

A mí no me gustaban los perros

compañé a Galder a por sus maletas esa misma tarde. Se había hospedado en un hotel que no estaba demasiado lejos de nuestra casa y apenas había deshecho el equipaje.

—Supongo que estaba armándome de valor para volver a casa de verdad —comentó él cuando vimos las pocas pertenencias que había desperdigadas por la austera habitación.

Puesto que había pagado aquella noche también y teníamos ganas de pasar algo de tiempo juntos, decidimos quedarnos a dormir en el hotel. Llamé a Josh para avisarle de que no volvería hasta el día siguiente, para evitar que alertara a la caballería o me fundiera el móvil a mensajes, y lo apagué.

Aquella tarde fue una de las más especiales que recuerdo de aquella época.

Ahora que sabía la verdad, Galder parecía mucho más relajado conmigo de lo que había estado, e incluso de mejor humor, si es que eso era posible. Nos pasamos la tarde tumbados en la cama, hablando y bromeando, pedimos algo para cenar, para no tener que salir del cuarto, y nos quedamos dormidos viendo una película poco después de medianoche.

Me sorprendía lo cómoda que estaba con él sabiendo que hacía menos de un mes le había visto transformarse en..., bueno, en una bestia. En uno de esos monstruos de los que los niños se disfrazan por Halloween sin saber lo reales que son en realidad.

No tenía ni idea de si todo aquello sería buena idea, pero, teniendo en cuenta mis experiencias previas con las relaciones, no me importaba arriesgarme.

A la mañana siguiente, cuando abrí los ojos, aproveché la luz que se colaba por las rendijas de la ventana para observarle. De verdad esta vez.

Su mandíbula era fuerte y estaba cubierta por una espesa barba que no tenía más de dos dedos de longitud. Fijándome ahora, recordaba que Galder se la recortaba cada dos o tres días, pero siempre parecía tener la misma cantidad. ¿Le crecería más rápido por sus «hormonas lobunas»?

Mi mirada descendió por su cuello, en el que la nuez estaba tan marcada que casi parecía tener filo. El vello rizado que le cubría el resto del cuerpo empezaba a aparecer desde la parte baja del cuello y seguía hasta donde alcanzaba la vista. Nunca he sido muy exquisita respecto al vello corporal en los hombres, y ahora me alegraba. Si hubiera estado obsesionada con la depilación masculina, habría tenido un problema con Galder.

Su pecho subía y bajaba tan despacio que no me cabía duda de lo profundamente dormido que estaba. Aquella paz me recordaba a la que sentía cuando hablaba con él. Cuando sentía que podía ser yo misma y disfrutar de su compañía sin reparos.

De forma inconsciente, alcé la mano para posarla sobre su corazón, pero me detuve antes de rozarle. No quería asustarle. Me moví para apartarme y entonces una de sus manos atrapó la mía.

—Buenos días —murmuró, y colocó nuestras manos unidas sobre su pecho.

Me giré para besarle el hombro.

—Buenos días.

Hizo un sonido al estirarse, parecido a los que hacía Diminuto tras una de sus interminables siestas, y me soltó la mano el tiempo necesario para volverse hacia mí y rodearme con firmeza. Me besó la frente.

—¿Te arrepientes de lo que dijiste ayer?

Sonaba preocupado, como si temiera que el día anterior hubiera sido un espejismo.

—No. Aunque, si te soy sincera, sé que alguien más cuerdo que yo lo haría. Pero yo no soy ese alguien —terminé, y me acerqué a su pecho para darle un sonoro beso.

Galder soltó una risa grave que reverberó en la zona en la que mis labios tocaban su pecho.

—Aun así... Prométeme que te alejarás de mí todo lo posible si de nuevo hay un incidente como el de la otra vez. Yo haré mi parte y desapareceré.

Sentí un nudo en el pecho al pensar en la posibilidad de que aquello sucediera. Ya me había resultado difícil aceptar que Galder no estuviera en casa cuando no sabía si quería algo con él... ¿Cómo iba a poder sacarlo de mi vida ahora como si nada?

Me alejé un poco para mirarle, aunque sin salir de su abrazo. Pasé una mano por su cara y su barba y me acerqué a besarle.

—No me pasará nada —aseguré—. Ahora que sé la verdad, será más fácil para ti prepararte sin tener que fingir delante de mí.

—En eso tienes razón. —Sonrió y me besó la mano—. Pero prométemelo, ¿vale?

Asentí a regañadientes tras unos instantes.

—De acuerdo. Te lo prometo.

Esa misma mañana, volvimos al apartamento.

Josh, que ya se olía lo que pasaba, nos esperaba con su mejor cara de padre enfadado.

—La próxima vez que vayas a desaparecer, ten la decencia de esperarte para despedirte como es debido, ¿entendido? —dijo mientras agitaba uno de sus finos dedos ante la nariz de Galder.

—Yo también te eché de menos —respondió Galder, que le abrazó con fuerza.

Y así fue como volvimos a vivir juntos los cuatro (aunque Diminuto ya estaba escondido para este emotivo momento, lo cuento como parte de la familia).

Y también fue así como empezó mi particular episodio de «El hombre y la tierra». O «La mujer y el hombre lobo», para ser más específicos. Porque los siguientes días identifiqué conductas de Galder que se me habían pasado por alto y que ahora me parecen tan obvias que me avergüenzo de mí misma por no haber sospechado antes.

No había tenido en cuenta, por ejemplo, cuánto odia a las palomas. En serio.

Una tarde, días después de aquella primera mañana de «relación oficial», Galder y yo fuimos a dar un paseo al parque de al lado de casa. No llevábamos ni cinco minutos paseando, cogidos de la mano, cuando oímos el ulular de una paloma. Nunca me había fijado en cómo se crispa cuando nos cruzamos con alguna. ¡Es increíble!

Da un pequeño respingo, se gira en la dirección de la que viene el sonido y emite un pequeño gruñido antes de darse cuenta de que hay gente delante.

—¿Estás bien? —Créeme: fue muy difícil preguntar sin partirme de risa.

—Sí, sí —respondió, y se sonrojó—. Es solo que las palomas no me gustan.

—Ya veo, ya.

—Me dan ganas de salir corriendo hacia ellas cada vez que veo una bandada para que salgan volando. ¡Malditas ratas del aire!

En ese momento ya no pude evitar echarme a reír.

También fui más consciente de que, sí, toda la carne que se pedía cuando comíamos por ahí o cuando la cocinaba él estaba poco hecha. No me extraña que a veces me recordara a un perro grande y me apeteciera revolverle el pelo. ¡Había tantos aspectos «caninos» en su conducta!

¡Si hasta no le gustaba ducharse! Siempre que tenía que

hacerlo se dedicaba a remolonear y a distraerse con lo que fuera con tal de no meterse debajo del chorro de agua. Alguna vez me animaba y le proponía ducharnos juntos, lo que cambiaba completamente su percepción de la ducha, claro. Pero, por lo general, ducharse le daba tanta pereza como a un niño pequeño... O a un perro.

«A mí que no me gustaban los perros —pensé alguna vez—, y acabo con un lobo.»

Aquellos primeros días posdescubrimiento fueron muy divertidos. Estar con Galder lo era. ¿Qué digo? Él era divertido. Y cariñoso. Y bueno. Y amable...

Vamos, que lo de ser un hombre lobo era una «cosita de nada».

Oculto en las sombras

Varios días después, cuando el incidente de su transformación y los días que pasó fuera de casa parecían muy lejanos, tuve un pequeño problema en el trabajo.

—Mierda, mierda, mierda...

Mis susurros, repetidos como si fueran un mantra, junto con el revolver nervioso de las hojas que tenía sobre la mesa llamaron la atención de Lily.

—¿Qué pasa? —preguntó en voz baja.

Alcé la vista, con el ceño fruncido, y me topé con la expresión preocupada de mi compañera.

—No encuentro el manuscrito de Oliver Maxim —confesé.

Oliver Maxim era uno de los autores de más renombre que publicaba la editorial. Llevaba tres publicaciones con ellos y me habían encargado ayudar en las correcciones de la cuarta. Con tanta emoción, me había dedicado a cargar el manuscrito conmigo a todas partes para aprovechar todos los momentos posibles para trabajar en él.

¡Quería que saliera perfecto! Al fin y al cabo, mi periodo de prácticas terminaba en un mes y una corrección perfecta de una novela que prometía venderse a miles podía ayudarme bastante.

—¿Dónde lo viste por última vez?

—No me acuerdo.

—¿Y dónde sueles guardarlo?

Tuve que morderme el labio para no soltarle un ladrido. Lily era buena y siempre tenía buenas intenciones, pero, como me hiciera una pregunta obvia más, estallaría.

—En este cajón, pero está vacío, así que me toca poner patas arriba mi mesa. Y como no esté ahí…, pues tendrá que estar en casa. Y, si no, pues nada, ha sido un placer trabajar contigo.

No estaba en la mesa. Ni en casa.

Tras pasar toda la mañana buscándolo disimuladamente y fingiendo trabajar en otra cosa, había corrido hacia casa como si me persiguieran.

Una vez allí, había revuelto mi cuarto, el de Galder, el comedor y hasta el cuarto de baño. Recordaba haber estado revisando el manuscrito en todos aquellos lugares, pero no había ni una mísera página en ninguno de ellos.

Cuando Galder volvió del trabajo, estaba a punto de ponerme a gritar por la frustración.

—¿Por qué parece que pasó un tornado por el apartamento?

Le conté rápidamente la situación, intentando mantener la calma, y él ladeó la cabeza, como si estuviera decidiendo qué hacer.

—Puede que haya una forma de encontrarlo.

—¿Cuál? —Estaba segura de que había sonado tan desesperada como me sentía.

—Usas esos subrayadores que huelen tan mal para corregir, ¿verdad?

Aquello me ofendió profundamente.

—¡No huelen mal! ¡Huelen a frutas! Que tengas un olfato extremadamente sensible no te da derecho a… Oh.

—Sí —asintió, algo avergonzado.

—¿Puedes rastrear el manuscrito por el olor de los subrayadores?

—Eso creo.

—¡Ahora mismo te los traigo! —exclamé, y me lancé a abrazarle.

Nunca habría dicho que una de las ventajas de salir con un hombre lobo era que podía ayudarte a encontrar tus objetos perdidos.

Salimos de casa poco después. Como había decidido utilizar el subrayador morado para aquella novela, se lo ofrecí antes de salir al rellano para que..., bueno, para que lo olisqueara.

—Encima este huele muy fuerte —se lamentó él mientras se lo acercaba a la nariz.

—Huele a mora —apunté con una sonrisa—. A lo mejor así es más fácil encontrarlo.

Tras concentrarse en el olor durante unos instantes, me pidió que le dijera dónde había estado los días anteriores para intentar encontrar el rastro del subrayador en alguno de ellos.

—Aparte de en el trabajo y aquí... He ido a una papelería que está cerca del trabajo, ayer comí con Verónica en un bar de la zona. —Hice memoria antes de seguir—. Luego me paré en el parque de vuelta a casa para que me diera un poco el sol y caminé de vuelta. Oh, mierda. —Alcé una mirada lastimera hacia él—. Siempre voy al trabajo en el metro, ¿crees que se me habrá perdido ahí?

—Espero que no..., porque eso abriría demasiado el abanico de posibilidades.

Intentando no pensar en el manuscrito dando vueltas y vueltas a la misma línea abandonado en un vagón, llevé a Galder en mi recorrido habitual al trabajo.

No se me escapaba que él iba observando a nuestro alrededor con más detenimiento del habitual. De vez en cuando aminoraba el paso, supongo que porque había olido algo, y en un momento dado se giró de golpe, lo que asustó a la señora que iba detrás de nosotros.

—Perdona —se disculpó, y se dio la vuelta para seguir andando.

—¿Qué acaba de pasar?

—Es que me dio la impresión de que alguien nos estaba siguiendo. Oía pasos muy cerca y percibí un olor… familiar. No sé qué habrá pasado.

—Yo sí: que esa señora te ha insultado por dentro cuando la has asustado, por lo menos.

Se encogió de hombros con expresión inocente y seguimos avanzando.

Tras seguir los pasos de mi paseo por el parque el día anterior sin encontrar nada, cogimos el metro en dirección a la editorial. Solo nos quedaban la papelería y el bar, y esperaba sinceramente que estuviera en uno de esos sitios porque, si me lo había dejado en el metro, ya podía ir olvidándome de él.

Pasamos por la terraza del bar, donde nos habíamos sentado a comer, pero Galder no percibió nada diferente. Empezaba el turno de cenas, así que la cantidad de olores mezclados que yo podía percibir en el entorno debían de ser mucho más abrumadores para él.

Llegamos a la papelería justo antes de que cerraran. Fingí tener que comprarme una carpeta para que pudiéramos estar los dos dentro mientras yo me demoraba en elegir la que más me gustaba y así darle tiempo a Galder. Cuando le enseñé una y negó con la cabeza con expresión triste, cogí otra del montón con el alma en los pies y pagué al dependiente.

—¡Mierda! —grité nada más salir—. Me van a echar y todo el trabajo que he hecho estos meses no habrá servido para nada.

—Lo siento, Mary.

Le pasé una mano por el brazo.

—Has hecho lo que has podido. Gracias. —Me puse de puntillas para darle un beso con la cabeza llena de todas las posibles explicaciones que iba a darle a la editora—. Vámonos a casa.

Iba prácticamente arrastrando los pies de vuelta al metro, a medio camino entre la tristeza y el enfado, cuando Galder se paró en seco.

—¿Qué pasa?

Teníamos el bar delante, pero él tenía la mirada clavada en una salida lateral. Echó a andar hacia allí.

—Esta puerta debe de dar a las cocinas —dijo, y se asomó un poco por la puerta abierta junto a los cubos de basura—. El manuscrito está dentro.

Casi me puse a saltar de la emoción.

—¿En serio?

Asintió con una media sonrisa y me animó a entrar.

—No sé dónde lo tienen exactamente, pero está ahí.

No necesité más para cruzar el umbral. Tras recorrer un pasillo ancho y poco iluminado, llegué a las cocinas. Abrí la puerta como si conociera aquel lugar, con confianza, como había visto hacer en las películas americanas en las que la gente huye a través de las cocinas de los restaurantes sin que los cocineros se inmuten.

Sin embargo, como si la realidad quisiera recordarme que lo único cinematográfico de mi vida era el descubrimiento que había realizado sobre el hombre que me seguía, todos los trabajadores que estaban en la sala se giraron hacia la puerta al oírme entrar.

—Hola —saludé, aunque era consciente de que lo mejor habría sido preguntar en el restaurante en vez de colarme—. Creo que ayer perdí algo aquí.

Tras unas cuantas explicaciones y una reprimenda por parte del chef, recuperé mi manuscrito. El camarero que nos había atendido lo vio olvidado en una de las sillas el día anterior y lo había guardado por si alguien volvía a reclamarlo.

Entonces recordé que había dejado el manuscrito sobre una de las sillas y había colocado el bolso encima para que no se manchara si se caía algo de comida. Al irnos debí de coger el bolso y me olvidé de lo que había debajo. «Vaya cabeza.»

Antes de marcharnos, le di las gracias al camarero al menos unas cinco veces y le prometí que todas mis propinas en las siguientes visitas serían mucho más generosas.

Así que volvimos a casa con mi manuscrito debajo del brazo y una sonrisa en los labios.

Y tan contentos estábamos que no nos dimos cuenta de que Galder había tenido razón en el parque: una figura que se ocultaba en las sombras nos había estado siguiendo todo el camino desde allí.

Tómate algo por mí

¿Has oído alguna vez eso de que el tiempo vuela cuando te diviertes?

Eso sentí yo cuando Alex nos invitó a cenar a su casa a Josh y a mí con nuestras respectivas parejas y Galder me dijo que no podía ir.

—¿Por qué?

—Porque mañana es luna llena.

Me quedé mirándole con la boca abierta. Había estado tan ensimismada desde que empezamos a salir que ya había pasado un mes sin darme cuenta. No me parecía que solo hiciera un mes desde que le había visto transformarse y no estaba en absoluto preparada para que volviera a pasar.

—¿Y adónde irás?

—La primera luna llena que pasé aquí había alquilado un trastero en un polígono. Me encadené y me encerré allí durante la noche —explicó, y se encogió de hombros.

—¿No tienen guardias?

—Sí, pero no hay cámaras dentro de los trasteros y el mío está bastante lejos de la garita. Que, además, está al lado de la carretera —añadió—. Dentro del edificio y rodeado de placas de metal, y con el sonido del tráfico añadido… Nadie me oyó aquella vez, y confío en que esta noche pase igual.

Asentí mientras intentaba asimilar todo lo que me estaba contando.

—Esperemos que haya suerte —dije, y esbocé una media sonrisa.

Así que al día siguiente Galder fingió encontrarse mal lo suficientemente alto para que Josh le oyera y mi amigo y yo nos fuimos de casa bastante antes del anochecer.

Le dije que antes quería pasarme por una tienda para así conseguir algo más de margen para que Galder fuera al trastero.

—Ánimo para esta noche —le dije, y le besé en los labios antes de salir de casa.

Él me acarició la mejilla con suavidad y me dio otro beso.

—Tómate algo por mí.

Es raro saber que tu novio no puede hacer un plan porque va a encerrarse y encadenarse en un local para no hacer daño a nadie a su alrededor cuando se transforme en un monstruo. Y saber que eso pasará todos los meses, para siempre.

Con esos pensamientos rondándome la cabeza, Manu, Josh y yo llegamos a casa de Alex con la bolsa de hielos que nos habían pedido.

Noté que Alex estaba tensa en cuanto me abrazó al llegar.

—¿Va todo bien? —pregunté en voz baja.

—Sí —respondió—. Es solo que hoy también vendrá el nuevo compañero de Ken. Me ha dicho que le ha dado la sensación de que ponía cara de pena al hablar de sus planes para hoy porque él no tenía ninguno —explicó—. Ya conoces a Ken, si ve a alguien en apuros se lanza en plancha... Ya hemos cenado juntos otras veces e incluso vino a mi cumpleaños; es simpático, pero esperaba que esta fuera solo una «noche de amigos» y... Oye, ¿dónde está tu churri?

—Enfermo —respondí.

—Tenía una voz horrible cuando nos hemos despedido —comentó Josh. Ese comentario inocente hizo que se me pusieran los pelos de punta. ¿Es que los efectos de la transformación empezaban a notarse con tanta antelación?

—Espero que se recupere, ¡pobre! Si quieres le hacemos una videollamada luego —propuso Alex.

—¡Mejor no! —respondí, demasiado rápido. Ante la mirada confusa de mis amigos hice un gesto con las manos para restarle importancia—. Es que me ha dicho que va a acostarse ya mismo.

En ese momento sonó el telefonillo.

—Parece que ya estamos todos.

Alex se encogió de hombros, puso su mejor sonrisa de camino a la puerta y nosotros fuimos al comedor, donde Ken y una pareja de amigos suyos esperaban con la mesa puesta. Os diría sus nombres, pero no les vemos muy a menudo y Alex siempre tiene que chivarme cómo se llaman porque se me olvida.

—¡Hola! —Ekene se levantó para darnos un abrazo. Nos acercamos también a saludar a la pareja y en ese momento Alex y el recién llegado aparecieron en la puerta del comedor—. ¡Ya estamos todos! Os presento: Pablo, estos son Mary, Josh y Manu.

Pablo nos saludó con un apretón de manos. Era un hombre de complexión fuerte, algo más mayor que nosotros, pero lo suficientemente joven para encajar sin problemas en aquella situación. Llevaba gafas y el pelo castaño le empezaba a clarear por la coronilla. Tenía la tez pálida y parecía que le costaba realizar determinados movimientos, pero no quise preguntar.

—Encantado. —Sonrió—. Nos vimos en el cumpleaños de Alex, ¿verdad?

—Sí, cierto.

—¿Galder no viene? —Alex le había pegado a Ken ese gusto por ser anfitrión y parecía que cuantos más invitados lleváramos, mejor.

—Está enfermo —intervino ella mientras se sentaba a su lado.

—Parece que le pasa mucho. ¿Es grave?

—No, no, es solo un catarro —respondí—. ¿Por qué dices que le pasa mucho?

—Porque le conociste en el hospital.

—Bueno, pero aquello fue distinto —intervino Josh—. Le atacaron nada más llegar a Madrid.

—¿También le pasó de noche? —preguntó Pablo. Josh asintió—. Yo no me atreví a salir de noche en mis primeras semanas por aquí.

—Yo creo que ninguna ciudad se salva de tener zonas peligrosas —respondí, decidida a cambiar de tema—. Ken nos ha dicho que eres nuevo en Madrid. ¿Te adaptas bien?

—Más o menos. —Pablo meneó la cabeza—. Madrid es muy ruidoso, muy luminoso… Y muy rápido. ¿Es que nadie anda despacio aquí?

Josh y yo soltamos una carcajada.

—No —respondió él—. Mucho tienes que esforzarte para ver a alguien que no ande como si le estuvieran persiguiendo. Limitamos los paseos a los parques y a las calles del centro. Y no estoy tan seguro de eso último.

La conversación siguió fluyendo de Madrid a otros temas de conversación, y lo cierto es que pasamos una noche bastante divertida. Aunque intentaba no distraerme, no podía evitar mirar por la ventana de vez en cuando, intuyendo el brillo de la luna llena en el cielo y preguntándome cómo estaría Galder.

—Así que ¿tu chico se llama Galder?

Aquella pregunta tan directa me dejó descolocada un momento, pero Pablo me miraba con una curiosidad tan sincera que solo pude asentir.

—Es un nombre muy norteño… ¿Es de aquí?

—Asturiano —respondí—. Lleva poco tiempo en Madrid.

—¡Calla, ho! Yo también lo soy. —Pablo sonrió—. Me gustaría conocerle algún día.

Boqueé un par de veces intentando comprender cómo habíamos dejado de hablar de las últimas películas de la cartelera para centrarnos en mi novio (qué fuerte me sonaba aún esa palabra: *novio*) y asentí.

—¡Claro!

—Es un tío muy majo —comentó Manu.

Cuando vi que la conversación empezaba a derivar a cómo él y Josh conocieron a Galder, me giré hacia los amigos de Ekene.

—Bueno, ¿y vuestra vida cómo va?

—Bien —respondió ella. ¡Helena! Se llamaba Helena—. Pero preferimos que las balas sigan yendo en esa dirección, que es más divertido.

No pude evitar echarme a reír. Qué lista es la gente cuando quiere.

—Creo que Mary tiene razón y deberíamos cambiar de tema. —Gracias, Ken, si estás leyendo esto—. Solo diré que para las pocas veces que hemos visto a Galder, la impresión siempre ha sido buena.

Ensanché mi sonrisa.

—Es que es un encanto.

—Un poco descuidado, con esos pelos y esa barba, pero sí —añadió Josh.

La noche siguió entre risas y conversaciones. Después de cenar jugamos a un juego de mesa y, cuando Manu, Josh y yo dijimos que nos marchábamos, Pablo se apuntó para ir a buscar un taxi.

Una vez en la calle, nos agradeció haber sido tan amables con él, nos dio un abrazo y se marchó. Me pareció algo efusivo para lo poco que le conocíamos, pero en ese momento mi mente estaba tan lejos, en un trastero a varios kilómetros de allí, que no le di vueltas.

Morirás como murió él

La puerta de mi habitación sonó con un chirrido a las ocho de la mañana de ese sábado.

Me giré sin mucho interés, esperando ver a Diminuto colarse por una rendija, pero me topé con el cuerpo de Galder, que se desplomó a mi lado y me abrazó con fuerza.

No pude evitar tensarme al sentir sus brazos alrededor de mi cuerpo y recordar lo que había pasado la noche anterior. Él pareció notarlo y me dio un beso en la frente.

—Ya es de día —susurró—. No hay de qué preocuparse.

—Lo sé... Supongo que tengo que acostumbrarme.

Algo más tranquila, acabé por adormilarme al ritmo de su respiración pausada, consciente de que el pobre se había dormido nada más tumbarse a mi lado.

Cuando me desperté, salí de la cama sin hacer ruido y me puse algo de ropa para bajar a por churros.

Josh estaba en casa de Manu y Galder y yo pasaríamos el día solos. Me apetecía empezarlo con buen pie y darle una sorpresa después de la noche que había pasado. Cuando volví, él salía del baño con el flequillo goteando tras lavarse la cara.

—¿Dónde fuiste?

Levanté la bolsa de papel y el pequeño recipiente con chocolate caliente.

—¡A por el desayuno!

Se lanzó a por mí con una sonrisa y me mordisqueó el cuello. Esos gestos siempre me hacían gracia, así que no entendí por qué mi primera reacción fue volver a tensarme.

—Lo siento —dije, y me aparté un poco cuando se detuvo—. No sé qué me pasa.

—No, tranquila. —Parecía avergonzado—. Supongo que es inevitable que algunos gestos cariñosos me salgan algo... lobunos. Pero mientras tenga este aspecto todo está bien.

Me puse de puntillas para besarle y me detuve unos segundos más que de costumbre en el contacto.

—Lo sé... No te preocupes. Todos tenemos que acostumbrarnos a las cosillas de nuestras parejas.

—Si fuera tan fácil...

Me reí por lo bajo y le acerqué el desayuno.

—¿Has pasado buena noche?

Se encogió de hombros y se dio la vuelta para dirigirse a la cocina.

—Como siempre —respondió—. Aunque tuve una sensación rara de camino al trastero.

—¿Sí?

—Me sentía observado —explicó—. Sé que no tiene sentido, pero di un rodeo antes de llegar, por si acaso. Mejor prevenir.

Me quité el abrigo y lo coloqué en el respaldo del sofá sin dejar de fruncir el ceño.

—¿Crees que alguien sabe lo que haces allí? O igual era un ladrón.

—La única persona que podría saber el motivo por el que me encierro cada mes murió hace tiempo —respondió él mirando al suelo—. Y no se lo había dicho a nadie más aparte de a ti, así que... lo dudo mucho.

¿Se referiría al profesor del que me había hablado hacía un tiempo? Aunque me moría de curiosidad, como él mismo cambió de tema, terminé por no preguntar. Yo misma sabía mejor que nadie que hay veces en que no nos apetece compartir más de lo estrictamente necesario según las circunstancias.

Intentando no pensar en aquello, disfruté de los churros con chocolate y de la compañía de mi hombre lobo particular. Cuando salimos de la cocina después de recoger el desayuno, encontramos a Diminuto jugando con algo debajo de donde había dejado mi abrigo.

—¿Qué has robado ya? —le pregunté con voz juguetona.

El gatito tenía predilección por robar papeles, pendientes o llaves que se hubieran quedado olvidadas en alguna superficie, y luego nos tocaba volvernos locos buscándolo. Me acerqué adonde estaba y el muy pillo salió corriendo. «Cómo sabe cuando está haciendo algo malo...»

Al agacharme a recuperar su botín, vi que se trataba de un papel doblado.

—¿Qué era? —preguntó Galder desde el sofá.

—Ni idea. Será un *ticket* que se me ha caído del bolsillo —respondí al tiempo que lo abría.

Leí las líneas escritas en tinta negra sobre blanco. Volví a leerlas. No entendía nada.

«Sé quién eres y lo que hiciste. Esta carta es un aviso de lo que vendrá. No quiero que intentes redimirte, no me valen tus disculpas. Morirás como murió él. Y no podrás evitarlo.»

—¿Mary?

Con el corazón agitado, sin saber muy bien lo que quería decir aquello, le alargué la nota. La expresión de Galder cambió por completo al leerla. Se puso blanco, lo que marcó aún más las ojeras que tenía siempre al día siguiente de su transformación, y tardó tanto en levantar la vista del papel que me preocupé.

—¿Es que para ti sí que tiene sentido?

Tardó un momento en responder y, cuando lo hizo, le temblaba la voz.

—Sí... Esta nota es para mí.

Los dos nos quedamos en silencio durante casi un minuto. Que él sí que supiera a qué se refería me tranquilizaba menos que cuando pensaba que era una nota aleatoria que alguien había metido en mi bolsillo para asustarme.

—¿Sabes de quién es? —Negó. Tenía la expresión tan desencajada que no pude evitar preocuparme.

Puse las manos a ambos lados de su cara y le insté a mirarme. Fuera lo que fuera aquella carta, le había afectado de una forma seria y real.

—Galder —le llamé—. Mírame. ¿Qué está pasando?

Tras un momento, Galder tomó aire con dificultad, como si hubiera estado conteniendo la respiración sin darse cuenta.

—Alguien quiere vengarse por algo que hice hace muchos años —resumió. Bueno, hasta ahí había llegado yo también.

—¿Mataste a alguien? —pregunté con la voz temblorosa.

Galder cerró los ojos con fuerza y asintió.

Me llevé las manos a la cara con un sollozo.

—Mary. —Galder me cogió de los brazos con delicadeza y me instó a sentarme a su lado—. No fui yo. Bueno, no... así —dijo, y se señaló el cuerpo.

—¿Lo hiciste como lobo?

Galder asintió.

—¿Recuerdas cómo descubrí lo que iba a pasarme en las noches de luna llena?

Hice memoria.

—Por un profesor, ¿verdad?

Galder asintió.

—Ese hombre estuvo conmigo y me ayudó durante los primeros meses en que me transformaba. Fue el apoyo que necesité para no marcharme del pueblo y así terminar mis estudios.

»Sin embargo, una noche de luna llena, meses después de la primera vez, cuando ya estaba acostumbrado, no bloqueé bien la puerta del cobertizo donde me encerraba.

Cogí aire, pues sabía lo que vendría a continuación.

—¿Lograste salir?

—Sí... Mis padres me contaron a la mañana siguiente, sin saber cómo no me había enterado, que algunas personas del pueblo habían visto un lobo merodeando por las calles y que habían oído aullidos. Creo que me comí algún gato y me contaron que arañé algunas puertas al intentar arrancarlas para entrar. Fue una suerte que saliera del cobertizo tan entrada la noche y que no hubiera nadie por la calle, pero aún quedaban muchas horas para el amanecer, así que había dos posibilidades para el lobo: o lograba entrar en alguna casa y mataba a la familia que viviera dentro o los cazadores me mataban a mí.

»No recuerdo nada de lo que pasó aquella noche, como siempre, pero desperté a la mañana siguiente en un bosque a las afueras del pueblo. Había sangre y huesos a mi alrededor y las gafas de mi profesor estaban tiradas a unos metros de donde me encontraba...

Me llevé las manos a la boca.

—¿Te lo comiste?

Galder se quedó en silencio y yo salí corriendo al baño para vomitar.

Aquello fue demasiado para mí. No recuerdo cuánto tiempo estuve en el baño después de haber echado lo último que me quedaba en el estómago, pero Galder no intentó abrir para ver cómo estaba ni me forzó a hablar del tema.

Cuando me sentí un poco mejor, me enjuagué la boca, bebí agua y salí.

Sabía que no podía culparle, pues él no tenía ningún control sobre el lobo que había cometido el crimen. Pero una parte de mí no podía evitar pensar en que una vez al mes la persona que tenía delante, la persona con la que estaba saliendo, se convertía en un monstruo tan descontrolado que podía asesinar y engullir a la persona en la que más confiaba en el mundo y luego no acordarse de nada.

—Tal vez esto sí que sea demasiado para ti —musitó Galder cuando volví a su lado.

Negué con la cabeza y le cogí de la mano.

—Reconozco que es más de lo que puedo asumir ahora mismo... Pero sé que no fuiste tú en realidad. Y que, si hubieras podido evitarlo, lo habrías hecho.

—Por supuesto que no lo habría hecho si hubiera podido

—dijo, y se echó a llorar. Ya tenía los ojos rojos y las mejillas empapadas, así que seguramente había llorado mientras yo estaba en el baño recomponiéndome.

Me acerqué a él y le abracé con fuerza. Entendía por qué no me había contado esta parte de la historia el mes anterior. Me daba la sensación de que se sentía tan culpable por lo que había hecho que nunca iba a ser capaz de superarlo. Tenía que ser muy duro.

—Lo siento mucho, Galder —dije contra su pelo.

Él siguió sollozando en silencio durante un rato más y yo no me moví. Al cabo de unos minutos, se tranquilizó y se fue al baño a lavarse la cara.

Cuando volvió, me abrazó con fuerza.

—*Gracies* —susurró—. Lo pensé muchas veces estos años, y lo único que se me ocurre es que aquella noche mi profesor guio al lobo fuera del pueblo, sabiendo lo que le pasaría, para que no hiciera daño a nadie. —Acercó la carta—. Quien quiera que me haya dejado esta nota sabe lo que ocurrió aquella noche. Sabe quién soy... y también que tú estás conmigo.

Debo reconocer que aquello supuso un punto de inflexión para mí. No sé qué me impidió salir por la puerta en ese preciso momento y correr hasta quedarme sin aire. El caso era que, por mucho que me costara comprenderlo, quería quedarme con él. Mis temblores no remitirían hasta pasado un rato, y la sensación de inseguridad no se iría hasta pasados unos días. Pero saber que el lobo era una maldición sobre él, y no algo que hubiera elegido, me hacía comprender lo mucho que estaba sufriendo. Y eso me ayudó a acostumbrarme a la realidad de que salía con un hombre lobo, aunque en momentos como aquel me costara.

Aunque esa realidad me pusiera en peligro.

Mamá osa

Decir que aquella carta nos chafó el día es quedarse corto. Galder no tenía ni idea de quién podía haberla enviado y yo no podía ayudar mucho, teniendo en cuenta que todos los conocidos de Galder de aquella época estaban en el País Vasco y en Asturias.

Pasamos toda la tarde dando vueltas al asunto y la única conclusión a la que llegamos fue la más obvia: quien fuera que hubiera escrito aquella nota quería matarle. No era una conclusión halagüeña, pero todas las demás eran demasiado optimistas dadas las circunstancias.

Y la parte que menos me gustaba del tema hasta ese punto (obviando la amenaza de muerte contra mi novio) era el hecho de que quien amenazaba a Galder me había metido la nota en el bolsillo del abrigo. ¡En el bolsillo! ¿Sería alguna de las personas que esperaban en la fila a que les dieran sus churros cuando fui a comprarlos? ¿El vendedor me dio esa nota en lugar del *ticket*? ¿Me había chocado con alguien por la calle?

No tenía ni idea, y solo de pensar que alguien con intenciones asesinas tan claras había estado lo suficientemente cerca de mí para colar una nota en mi bolsillo me ponía de los nervios.

Así que aquella noche, por supuesto, dormí con Galder. Como Josh no llegaría hasta la mañana siguiente, podríamos pasar la noche sin tener que fingir ante nadie que todo estaba bien y quizá hasta tendríamos parte de la mañana para mentalizarnos más sobre todo lo que había sucedido.

Pero, como el universo es así de bromista, hubo dos cosas con las que no contamos. La primera, que Josh tenía una sesión de fotos ese día, así que llegó a casa poco después de las diez de la mañana. La segunda, la descubrí nada más abrir los ojos.

—¡Mary! —La voz de Josh, entre susurrando y gritando, me despertó.

Abrí los ojos, confundida, y cuando me topé con la cara de mi amigo a escasos centímetros de la mía tuve que contenerme para no pegar un grito.

—¿Qué narices haces aquí dentro?

Galder hizo un sonido adormilado a mi lado y se removió.

—Tranquila, que he tenido suerte y estáis vestidos.

Resoplé, molesta.

—¿Se puede saber qué pasa?

—Tu madre está aquí.

—¿Qué?

Llevaba varios meses sin ver a mi madre. Hacía años que la había dejado en Barcelona con mi padrastro, mi hermano y mis hermanastros y nuestra relación se había enfriado bastante.

Ahora nos veíamos incluso menos que antes. Ella venía de vez en cuando porque echaba de menos Madrid y yo pasaba en Barcelona las fiestas de fin de año y una semana en verano. El hombre con el que se había casado años después de divorciarse de mi padre era bastante simpático, así que no me sentía incómoda con ellos. Con mis hermanastros no tenía mucha relación, para ser sincera. Les sacaba bastantes años y nos habíamos conocido durante mi adolescencia, así que, no voy a mentir: no fui muy amable con ellos cuando nuestros padres empezaron a salir. En el caso de mi hermano... Al vivir él en Barcelona y yo en Madrid desde hacía tanto tiempo, nos habíamos distanciado. Le quería, pero ahora él tenía una vida de la que yo solo formaba parte en Navidad y vivía en Alemania desde hacía años. Cada uno había acabado yendo por su lado.

Y, mientras tanto, mi padre en otro continente, llamando de vez en cuando y haciendo florecer su negocio.

No es que la nuestra fuera una familia desestructurada, es que las piezas se nos habían caído y habían acabado desperdigadas por debajo de la mesa.

La voz de mi madre se colaba clara por las rendijas de la puerta cuando me desperecé del todo. Le pedí a Josh que saliera para entretenerla, desperté a Galder y me vestí a toda prisa. «Allá vamos», pensé, y abrí la puerta.

—Así que estás saliendo con un chico —estaba diciendo mi madre—. ¿Por qué no le dices que venga? Así le conozco…

—¡Mary! —Josh se levantó del sofá para saludarme en cuanto me vio y me abrazó—. Sálvame —susurró.

Tuve que contenerme para no echarme a reír y me acerqué a mi madre.

Angélica era una mujer que derrochaba alegría por donde fuera. Para mí era demasiado intensa muchas veces, pero sabía que se ganaba el cariño de la gente por ser así de abierta y dicharachera.

—¡Qué guapa estás, cariño! —dijo, y me abrazó con fuerza.

Me parecía mucho a ella físicamente: en el pelo rizado (aunque yo era morena y ella rubia), las curvas, la forma de los labios… Mirarla era como mirarme en un espejo de envejecimiento.

—Tú también, mamá —le dije, y le di un beso en la mejilla.

—¿Cómo me ves? —preguntó mientras se apartaba y ponía poses—. He empezado una dieta nueva hace dos meses. Creo que se me nota bastante, ¿verdad?

Bueno, en eso no nos parecemos en nada. Mi madre lleva obsesionada con hacer dieta desde que tengo memoria, y me presionaba mucho con ello cuando era pequeña. Ya te he contado que llegué a un momento en mi vida en que tuve la fuerza de decir «basta» a todo eso, ¿verdad? Me lo dije a mí, se lo dije a ella y se lo dije al mundo.

Y desde entonces hago lo que me da la gana, incluyendo ir al gimnasio con mis mallas XL. Todavía me toca aguantar miradas de según qué gente, sonrisas mal disimuladas en la sala de máquinas o comentarios desafortunados de los dependientes de las tiendas de ropa. Pero yo sigo haciéndome fuerte a cada día que pasa, y sigo queriéndome más y más. Por muy difícil que sea.

Mi madre, sin embargo, era otro cantar.

—Te veo bien —respondí ante la expectación de mi madre—. Pero ya sabes que no creo en las dietas.

—Oh, vamos, esta te va a encantar: consiste en comer lo que quieras hasta las tres de la tarde… Y ya nada más hasta la mañana del día siguiente. He perdido cinco kilos ya —concluyó con una sonrisa satisfecha.

—¿El médico sabe que estás haciendo esto?

—Lo sabe el grupo de apoyo en Facebook. Luego te mando el enlace.

Me acerqué a darle un beso en la mejilla para que no me viera poner los ojos en blanco.

—Yo creo que estás guapísima tal como eres.

—Ay, mi niña. —Mi madre volvió a abrazarme—. Me ves con buenos ojos.

—Bueno, yo me voy a ir ya. —Josh apareció a nuestro lado con la cazadora puesta y se dirigió a la puerta sin parar—. Tengo una sesión de fotos ahora, pero os veo a la hora de comer. Ha sido un placer verte, Angélica.

—Llámame Angie. —Mi madre me dirigió una mirada y chasqueó la lengua—. Si mi hija puede cambiarse el nombre por uno más moderno, yo también puedo.

Josh sonrió y abrió la puerta.

—Tienes razón —asintió con una carcajada—. ¡Adiós! ¡Adiós, Marilyn!

Y cerró la puerta.

«Pero ¡será…!» Hacía años que Josh no me llamaba por mi nombre completo, y lo último que necesitaba era a mi madre recordándoselo tras tanto esfuerzo: había conseguido que todo el mundo me llamara Mary desde que acabó la universidad. ¿Lo habría oído Galder?

En ese momento, el rey de Roma salió de mi habitación con una sonrisa que dejaba claro que las paredes de casa eran bastante finas. Mi madre se quedó mirándole un momento, sorprendida, y luego pasó la mirada de él a mí, con la boca a medio abrir.

—Este es Galder. Es el nuevo compañero de piso del que te hablé y, bueno, mi... novio.

Mi madre soltó una carcajada.

—Creo que tenemos que empezar a hablar más a menudo, señorita. —Se acercó a saludarle con los brazos abiertos—. No sabía que la gente de Asturias era tan alta.

Se puso de puntillas para darle dos besos mientras me tapaba la cara con las manos.

—Mamá, en todos lados hay gente alta, no es algo extraño —susurré.

—No lo sé. —Se encogió de hombros—. Es que es imponente.

Galder se sonrojó. En ese momento me di cuenta de que a mí también me lo había parecido la primera vez. Y puede que a mis amigos también, pero habían procurado ser menos expresivos.

Quizás es algo relacionado con su condición de hombre lobo. Lo de ser alto, peludo e imponente, digo.

—Encantado de conocerte —dijo Galder—. ¿Conocerla?

—Tutéame, por favor.

Mentiría si dijera que aquella mañana no fue divertida.

Nos pasamos toda la mañana hablando, sobre todo de Galder y de cómo se estaba adaptando a Madrid. En este punto debo reconocer algo que me va a hacer quedar un poco mal: le había mentido a mi madre acerca de él. Y no, no me refiero a guardar su secreto, me refiero a que no le había contado cómo le habían conocido Josh y Manu.

Solo le había contado que nuestro nuevo compañero de piso era un conocido suyo. ¡No quería preocuparla!

El caso es que no había contado con que Galder y ella fueran a conocerse algún día, ni con que él decidiera ser extremadamente sincero con ella. No te puedes imaginar la cara de susto que puso la pobre al enterarse de que Josh y Manu le habían encontrado desnudo e inconsciente en la calle.

—¿Tenías que ser tan sincero? —le pregunté, bajando la voz, cuando mi madre se ausentó para ir al baño.

—No me gusta la idea de mentirle a tu madre —respondió él en el mismo tono.

—Ni a mí, pero acabáis de conoceros, ¡igual es un poco pronto!

Galder tuvo la cara dura de reírse por lo bajo y me ofreció ir a dar un paseo para que mi madre y yo pudiéramos ponernos al día solas. Lo cierto es que me pareció una idea estupenda, así que fue a vestirse y, cuando mi madre salió del baño, le dijo que iría a comprar algo para comer y que volvería en un rato.

Cuando nos quedamos a solas, me tocó tranquilizar a mi madre, que pensaba que había empezado a salir con un tipo raro. Y eso que no sabía lo peor.

Es difícil presentar a alguien ocultando una parte tan importante de su personalidad y que no se te escape nada, ¿eh? Sobre todo, porque en aquella época ya se me empezaban a ocurrir muchos chistes relacionados con su condición de hombre lobo y no podía contárselos a nadie.

—En realidad parece un chico encantador... A pesar de todo.

—Mamá, no es su culpa que le robaran.

—¡Con lo alto que es, me extraña que no se defendiera!
—Mierda.

Agité la mano para fingir despreocupación.

—¡Es que le pillaron desprevenido! Deja de darle vueltas, anda. ¿Cuánto tiempo vas a estar por aquí? —pregunté para cambiar de tema.

—Solo dos días: mañana el ahijado de Fabián cumple

dieciocho años y nos han invitado a cenar. ¡Un lunes! —resopló—. Así que, ya que me tenía que pedir el día libre, he venido un día antes para verte.

Aquello me conmovió. A pesar de lo que nos diferenciaba y de los kilómetros que nos separaban la mayoría del año, mi madre seguía preocupándose por mí y queriéndome como siempre.

—¿Quieres que cenemos fuera con Galder y los demás para celebrar que has venido?

—Tendré que saltarme la dieta... Pero, sí, sería un detalle —respondió ella con una sonrisa pícara.

Hay quien dice que los milagros existen, y aquella noche fue una de esas pocas veces en las que pude decirlo. Cuando se me ocurrió la idea de la cena, no esperaba tener suerte, ya que era un domingo y avisé con muy poca antelación, pero la convocatoria fue un éxito casi absoluto.

Alex dijo que sí, encantada (mi madre le cae increíblemente bien), y Josh acabó aceptando a regañadientes, aunque estaba cansado de la sesión de fotos. Me habría gustado que viniera Manu también (y mi madre lo estaba deseando), pero madrugaba mucho, así que no podía arriesgarse a que la cena se alargara. No puedo reprochárselo.

De modo que ahí estábamos casi todos unas horas más tarde, en uno de los restaurantes de comida china favoritos de mi madre, cenando juntos.

Los primeros en llegar fueron Alex y Ekene, por supuesto. Alex abrazó a mi madre, que la besó sonoramente en la mejilla y solo se apartó para hacer comentarios de lo guapo que estaba su futuro marido y amenazar en broma (o eso dijo ella) sobre las terribles consecuencias de no invitarla a su boda.

Unos diez minutos después, Josh apareció por la puerta con un invitado sorpresa.

—¡Mirad a quién me he encontrado tomando algo en el bar de al lado! Le he invitado a cenar con nosotros, ¿os parece?

—¿Es ese su novio? —preguntó mi madre en un susurro.

—No. —Me levanté a saludar a Pablo con una sonrisa algo forzada—. Es un compañero de trabajo de Ken.

—Oh, vaya. —Mi madre compuso una mueca breve, que sustituyó con su mejor sonrisa—. Sí que sois sociables...

Pablo nos explicó que había quedado con un conocido a tomar algo en el bar donde le había visto Josh, pero que su amigo había cancelado en el último momento. Dijo que, ya que estaba allí, se había terminado la cerveza, pero que le había animado mucho que Josh le invitara a la cena.

—Espero que no os importe —se disculpó.

A esas alturas, tras los breves encuentros que habíamos compartido, yo ya tenía una idea formada sobre Pablo. No era alguien a quien invitaría a cenar con mis amigos por voluntad propia, para ser sincera. No porque fuera antipático, sino porque había algo en él que no me terminaba de cuadrar.

—Tranquilo —dijo Ekene, que le hizo un hueco a su lado—. Os presento: Pablo, ella es Angélica, la madre de Mary.

—Puedes llamarme Angie —remarcó ella mientras le daba dos besos.

—Ah, y no conocías a Galder, ¿no? —Pablo y Galder se dieron la mano y Pablo sonrió.

—El famoso Galder —comentó—. Tenía ganas de conocerte.

—¿Famoso? —Galder soltó una risita—. Miedo me da lo que hayan podido decirte de mí.

—Todo cosas buenas —le aseguró Josh, que le hizo un gesto al camarero para que nos tomara nota de las bebidas.

—Bueno, ha sido una noche agradable, ¿verdad?

Mi madre, Galder y yo estábamos esperando el taxi que la llevaría a su hotel. Le había propuesto que se quedara a dormir en casa, pero me había dicho que Fabián llegaría temprano al día siguiente y que ella quería tener tiempo para prepararse para la cena familiar, así que tendría que ser en otra ocasión.

—La verdad es que sí —respondí con una sonrisa—. A ver si la próxima vez conoces al chico de Josh.

—Lo haré —asintió mi madre, muy convencida—. No puede esconderlo de mí para siempre. —Esbozó una sonrisa y se giró para mirar a Galder—. Al menos he podido conocer al chico de mi niña.

Galder soltó el aire de golpe y sonrió.

—Espero haber pasado el examen —dijo con una sonrisa.

—El primero, sí. —Mi madre se giró cuando las luces del taxi enfilaron la calle, pero volvió a mirar a Galder—. Me has parecido encantador, Galder, pero no bajes la guardia.

—Mamá...

Mi madre me cogió de la cabeza y me dio dos besos en las mejillas antes de abrazarme.

—Soy tu madre y me preocupo por ti, qué le vamos a hacer...

—Me esforzaré por pasar todos los que hagan falta. —Galder sonrió—. Palabra de norteño.

—Y yo seré dura puntuando. —Mi madre se puso de puntillas y le dio dos besos con una sonrisa—. Palabra de mamá osa.

Aquella cena fue mejor de lo que había esperado. Mi madre se divirtió mucho, yo también lo hice y Galder no tuvo que pasar de nuevo por un interrogatorio, como aquella mañana. Al menos no él solo, pues mi madre tenía artillería para Josh, Pablo y hasta para el guapo camarero que nos atendió.

Cuando llegamos a casa, me dijo que el día con mi madre le había servido para despejarse del tema de la carta, y me sorprendió darme cuenta de que a mí también. No había pensado en ella en todo el día y, aunque su presencia seguía ahí, como una amenaza invisible sobre mi mesilla, el día y la cena con mi madre nos habían dado unas horas de descanso.

Y menos mal, porque en aquella cena que tanto nos había despejado Galder había cenado cara a cara con la persona que había escrito la nota.

Aléjate de él

La visita de mi madre no descontroló mi mundo tanto como había previsto cuando Josh me despertó aquella mañana, y, de hecho, me mantuvo de buen humor durante la semana siguiente. La sombra de la carta amenazadora aún planeaba sobre mi ánimo, y sé que sobre el de Galder también, pero, a medida que los días pasaban sin novedades, la tensión que nos había invadido en un primer momento se disipó un poco.

No me malinterpretes, seguíamos hablando del tema y buscando una explicación razonable cada poco. También habíamos bajado a merodear alrededor de la churrería por si veíamos a alguien sospechoso o que mirara a Galder más de lo habitual, pero todo había sido en vano.

Así que al final los días fueron pasando sin novedades y los planes, las situaciones nuevas que vivíamos juntos y el peso del día a día fueron enterrando poco a poco la angustia que habíamos sentido hacía apenas unas semanas por la carta misteriosa.

Y, así, las Navidades se acercaron sin que fuéramos conscientes de ello, hasta que Manu lo mencionó un día tomando algo.

—Cómo se nota que los profesores vais tachando los días hasta las vacaciones —comentó Alex entre risas.

—Métete tú en una clase con treinta adolescentes y dime si no tacharías los días.

—¡Podríamos hacer una escapada a la nieve! —propuso Josh.

—Todos los años lo hablamos, y nunca somos capaces de organizarnos —me lamenté.

—Bueno, por intentarlo no perdemos nada. —Ken sonrió, con mucha más confianza de la que sentíamos los demás en nuestra capacidad de organización.

En ese momento me vibró el móvil. Cuando leí el mensaje, alcé una mirada interrogante hacia Galder, sentado al otro lado de la mesa: «Mañana hay luna llena. ¿Quieres hacer un experimento?».

Mi respuesta mental instantánea fue «no», pero me contuve. En lugar de eso, le pedí que me lo explicara todo bien cuando volviéramos a casa.

—La idea de la escapada a la nieve...

—... que ya te digo yo que no va a salir...

—... me hizo pensar en el tema de las vacaciones juntos —terminó, ignorándome—. Sé que no hablamos tan a largo plazo, pero, si en algún momento un evento importante o unas vacaciones coinciden con la luna llena, ¿qué vamos a hacer?

Debo reconocer que pensar en nosotros tan a largo plazo (¡ni siquiera había empezado el invierno y estábamos hablando del verano!) me puso un poco nerviosa. Pero en el buen sentido.

Sí, lo sé: «Tu novio está hablando de la posibilidad de que se transforme en una bestia feroz mientras paseáis por la playa y tú imaginando cómo será tomar el sol a su lado». En ningún momento he dicho que yo fuera una persona inteligente o con un sentido de la supervivencia fuera de lo común.

—No lo había pensado, pero es verdad que puede pasar —reconocí—. ¿Qué experimento quieres hacer, entonces?

—Que mañana vengas conmigo al trastero. Ya me ataste una vez y todo fue bien, así que quiero que vuelvas a hacerlo.

Estoy segura de que mi cara fue un poema en aquel momento, porque Galder se acercó y me frotó los brazos para infundirme ánimos.

—Sé que suena a locura y que es peligroso, pero voy a tomarme un sedante antes de que lo hagas.

—¿Un sedante? —Asintió—. Si eso te frenaría..., ¿por qué no lo haces siempre?

—Porque al lobo no le sienta muy bien y al día siguiente tengo un dolor de cabeza impresionante... Pero esa es la única manera de que puedas atarme sin correr peligro. Así puedes esperar para comprobar si está todo bien y salir corriendo con mucha ventaja si no lo está.

—¿Y no confías en que puedas encadenarte en, yo qué sé, un hotel si es que la luna llena nos pilla de vacaciones?

—Sí, pero, si hay alguien conmigo que pueda asegurarlo todo, mucho mejor. Sobre todo porque aquí tengo un trastero y con encadenarme las manos y los pies me basta porque las paredes y la puerta son resistentes, pero allí... solo tendré la habitación.

Asentí mientras dejaba que aquello calara lentamente en mí.

—Vale, pues hagamos el experimento.

Tenía que empezar a mentalizarme.

Iba a encadenar a Galder al día siguiente. Al Galder humano. Porque luego, delante de mis ojos..., iba a convertirse en un monstruo.

—¿Adónde vas?

Manu y Josh acababan de entrar por la puerta cuando me preparaba para salir. Traían varias botellas de vino y palomitas para hacer en la sartén.

—A dar un paseo con Galder —respondí. Él había bajado unos minutos antes para ir a la carnicería—, ¿vosotros habéis decidido traer el cine a casa?

—Es más barato —respondió Manu, que se encogió de hombros.

—Y en el cine está mal visto beber vino. —Josh sonrió y me dio un beso en la mejilla—. Si acabáis pronto el paseo y os aburrís, estáis invitados.

—¿Qué peli vais a ver?

Manu me dijo el título, pero mi cerebro lo ha borrado para evitarme más recuerdos terroríficos de aquella noche. El argumento era todo sangre, vísceras y miedo, así que les deseé pasarlo bien y me fui. Yo iba a vivir mi propia película de terror en vivo.

Galder y yo llegamos al trastero donde solía encerrarse en las noches de luna llena poco antes del anochecer. No hablamos mucho durante el trayecto, ya que teníamos la cabeza demasiado ocupada con el pensamiento de que aquella noche podía ser decisiva para nuestra relación... Y, bueno, para qué mentir, para mi vida.

Dejamos la carne cruda repartida por el local y parte cerca de donde le encadenaría, para que tuviera algún entretenimiento antes de intentar romper las cadenas. Me dijo que solo las había roto unas cuantas veces, así que le había tocado comprar otras más resistentes cada vez. Y varias cadenas de repuesto.

Apenas nos habíamos adentrado en el trastero cuando vi un montón de ropa en una de las esquinas.

—¿Qué es eso?

Creyendo reconocer los estampados, me acerqué y vi uno de mis vestidos y una camiseta mezclados con algunas de sus camisas. Hacía semanas que pensé que los había perdido al tender.

—¡Esta ropa es mía!

Galder se acercó, algo avergonzado.

—Esta es la esquina en la que me desperté la primera noche que pasé en el trastero —dijo—. Creo que el lobo se cansó de intentar salir y decidió dormir en esta zona, así que supuse que era donde se sentía más cómodo.

—¿Y qué tiene que ver mi ropa con eso?

Desvió la mirada.

—Quería que relacionara tu olor con algo positivo. Con un lugar en el que se sintiera tan cómodo como para quedarse dormido... —explicó—. Confiaba en que así, si alguna vez

154

había un accidente, el lobo reconocería tu olor como parte de su manada y te dejaría en paz. —Inspiró hondo, algo cortado—. También hay una camiseta de Josh con la nuestra. No podía arriesgarme.

Me quedé tan sorprendida que no pude decir nada durante varios segundos. Entonces me giré hacia él y le besé con fuerza.

No sabía si podía catalogar aquello como un detalle bonito, pero sabía que el corazón se me había encogido y los ojos se me habían llenado de lágrimas. Galder había querido protegerme desde el principio.

Le besé una vez, y otra, y otra más, y le sujeté la cara entre mis manos como si así pudiera detener la maldición por la que pasaba cada mes. Como si mis besos tuvieran algún poder curativo, como los de los cuentos de hadas.

—Te quiero —susurré sin darme cuenta.

Él se separó un instante y me miró con una media sonrisa y los ojos abiertos por la sorpresa.

Me cogió sujetándome del trasero y enrosqué mis piernas en torno a su cintura. En ese momento, perdidos en lo que nos unía, olvidamos por completo lo que nos había llevado allí.

La alarma del reloj de Galder nos devolvió a la realidad de un plumazo.

Separamos nuestros labios con la respiración agitada.

—Adelanté la alarma después del incidente del cambio de hora. Así me da tiempo a llegar aquí si me despisto —dijo, e inspiró hondo—. Es la hora.

Tras besarnos de nuevo, me dejó en el suelo con delicadeza. Le di un último beso, pues me resistía a separarme de él, y nos dirigimos a la zona donde solía encadenarse. Una vez allí, se me hizo un nudo en la garganta.

Había marcas de uñas en el suelo y la pared y unas argollas algo desgastadas, donde seguramente ponía las cadenas. Galder me fue indicando lo que tenía que hacer: por dónde pasar las cadenas, cuándo y dónde apretar más, cómo cerrarlo todo, dónde dejar la llave del candado... Cuando él se encadenaba solo, se aseguraba bien las piernas y luego pasaba al cuerpo y las manos, dentro de sus posibilidades. Ahora que lo estaba haciendo yo, estaba segura de que me estaba haciendo dar vueltas extra a las cadenas para asegurarse de que no se lanzaba a por mí en forma de lobo.

Una vez estuvo encadenado y con todo asegurado, le di el sedante que había traído y, unos minutos después, la transformación empezó delante de mis ojos.

Galder clavó su mirada en mí, y vi que su expresión crispada por el dolor intentaba controlarse mientras me miraba. Entonces, justo antes de que sus ojos perdieran todo rastro de humanidad, como si quisiera aferrarse a la última brizna de conciencia que le quedaba, susurró:

—Te quiero, Mary.

Bajó la cabeza a medida que las venas de su cuello se hacían más grandes y sus músculos se desarrollaban hasta límites inhumanos. Un pelo castaño y grueso empezó a cubrirle todo el cuerpo y su mandíbula se echó hacia delante como ya lo había hecho la vez anterior.

No pude evitar dar un paso hacia atrás cuando su cara dejó de parecer la misma y sus ojos cambiaron de color. Las uñas de las manos se le alargaron y volvieron más duras al tiempo que los dedos se retraían hacia dentro y se hacían más pequeños. El pulgar desapareció, pero tampoco habría podido verlo a causa del pelo que había rodeado su piel rosada por completo.

Sus orejas cambiaron de lugar ante mí mientras Galder emitía lamentos de dolor y subieron, puntiagudas, a la parte superior de su cabeza. El aro que llevaba en la oreja izquierda no desapareció, aunque resultaba extraño verlo en la de un lobo. La nariz se ennegreció y se desplazó hacia delante, con el resto del hocico.

Galder me había dicho que sufría mucho dolor durante cada transformación, y ahora veía por qué. Aunque técnicamente fuera un hombre lobo, en las noches de luna llena se transformaba, sencillamente, en el animal. En un lobo enorme y con unos colmillos tan grandes como mi dedo corazón.

Las cadenas se tensaron a causa del cambio de tamaño en su cuerpo y el miedo de verse atrapado dio paso rápidamente a la ira en los ojos del animal. Empezó a gruñir y a intentar liberarse, aunque con movimientos lentos y confusos, seguramente por el efecto del sedante. Yo seguí retrocediendo, aun así, aterrorizada. Por suerte, sus indicaciones habían sido acertadas y el lobo no pudo moverse. Solo logró desplazar la cabeza unos centímetros para oler la carne cruda que había a su alrededor, pero nada más.

Aquello me pareció suficiente para ser la primera vez. Sin perder un segundo, eché a andar más rápido hacia atrás, observándole, y entonces trastabillé y me caí.

El lobo guardó silencio al oírme y sus orejas se giraron en mi dirección. Su cabeza hizo lo mismo unos segundos después y su hocico se torció en una mueca que mostraba todos los dientes. Emitió un gruñido que dejaba claro que, si el sedante no estuviera haciendo efecto y las cadenas no estuvieran sobre su cuerpo, yo sería una cena mucho más apetecible que esos filetes. Y yo me arrastré como pude hacia la puerta.

Las cadenas sonaban por el forcejeo del animal, pero no logró liberarse mientras salía. Ni aquello ni el sedante me convencieron de estar tranquila, por supuesto, y me costó horrores cerrar con llave el trastero y colocar la reja antes de salir corriendo. Pero lo hice.

No sé cuánto tarde en llegar, pero recuerdo haber corrido durante casi todo el recorrido. No me sentía capaz de encerrarme en el metro o en un autobús: solo quería ver calle a mi alrededor, respirar aire que no oliera a animal. Correr. Supongo que por eso no me di cuenta de que alguien me seguía hasta que estaba metiendo la llave en la cerradura.

—Hola, Mary.

La voz a mi espalda me hizo dar un salto y coger la llave con más fuerza para empuñarla contra la otra persona. Me giré rápidamente, con las piernas temblando, y me topé con Pablo.

—Joder, ¡qué susto, tío! ¿Qué haces aquí? —logré farfullar.

—Venía a comprobar si sobreviviste al monstruo.

Sus palabras se mezclaron en mi cabeza al intentar encontrarles un sentido. ¿Qué sabía? ¿Cómo era posible que…?

—Tú —susurré—. Tú escribiste la carta.

Pablo sonrió y se subió las gafas por el puente de la nariz.

—Sorpresa —dijo mientras daba un paso hacia mí, pero levanté las llaves hacia él para dejarle claro que le clavaría la punta en un ojo como se acercara más—. Tranquila, tranquila. —Soltó una risita—. Si la leíste, sabes que no vengo a por ti. —Se encogió de hombros—. Solo quería comprobar si era cierto que estabas tan loca como para estar con alguien como él. ¿Es que te engañó para que pienses que no te matará si tiene ocasión?

—Lo que él y yo hagamos o dejemos de hacer no es asunto tuyo —escupí—. ¿Por qué quieres hacerle daño?

—Porque él me hizo daño a mí primero —dijo con un hilo de voz. De alguna manera, incluso aunque sonara tan bajo, pude distinguir años de rabia acumulada en aquella frase—. Dile que la próxima luna llena será la última. Y aléjate de él —me advirtió, y dio un paso atrás—. Tú no tienes por qué morir.

Aquella noche tampoco pude conciliar el sueño.

Tuve suerte de que Josh y Manu se hubieran quedado dormidos en el sofá antes de que llegara, porque no me veía con fuerzas de darles mi elaborada explicación de cómo Galder se había encontrado con unos amigos, yo me había encontrado mal y por eso había vuelto a casa sola. Era una excusa bastante mala, ahora que lo pienso.

Me acurruqué en la cama y abracé a Diminuto, como si la calidez del ya no tan pequeño animal pudiera defenderme de las palabras de Pablo y de los dientes del lobo.

Supongo que esto era algo que ya suponías, pero te lo diré de todas formas: salir con un hombre lobo a veces da mucho mucho miedo.

Hay un lobo en el Retiro

No recuerdo qué hora era cuando Galder apareció por casa. Creo recordar que me había estado vibrando el móvil desde poco después del amanecer, pero no tenía fuerzas ni ánimo para estirar la mano y responder.

El ruido de la puerta me despertó de golpe. Él se disculpó con un gesto y entró en silencio en la habitación para que Josh y Manu no le oyeran desde el otro lado de la pared. Se quedó parado en el umbral, apoyado en la puerta. Llevaba el pelo revuelto y tenía ojeras y mala cara, como siempre que se transformaba. Sabía que no terminaba de encontrarse mejor hasta que no se duchaba y descansaba un poco, y, habiéndose tomado el tranquilizante el día anterior…, no quería imaginar lo mal que debía de encontrarse.

Le hice un gesto para que se metiera en la cama conmigo. Se descalzó, entró y le abracé con fuerza.

Galder me rodeó con los brazos y me besó la cabeza.

—¿Te asusté mucho ayer? —susurró—. Lo siento, lo siento…

Negué con la cabeza y le abracé más fuerte.

—No es eso —aclaré—. Sí que me asustaste, pero… Ya sé quién te mandó la carta el otro día.

Noté que Galder se tensaba entre mis brazos y me aparté con los ojos llorosos a causa del miedo.

—Es Pablo —dije, e intenté que no me temblara la voz—. Me siguió desde el local ayer. —Las lágrimas volvieron a rodar por mis mejillas, más asustada del hombre que me había amenazado el día anterior que del lobo que había encadenado—. Me dijo que me alejara de ti, que no tenía por qué morir... Te odia, Galder. No sé por qué.

Recuerdo aquella mañana como un borrón de emociones en las que el miedo predominaba por encima de todas. Hasta que el autor de la carta dio la cara, una pequeña parte de mí, y sé que también una pequeña parte de Galder, había esperado que todo hubiera sido una broma de mal gusto. Pero ahora todo había cambiado.

Poco después de llegar, Galder fue a ducharse para intentar despejarse un poco. No llevaba ni dos minutos sola cuando todos los pensamientos intrusivos de aquella noche volvieron a asaltarme: estaba en peligro, a pesar de lo que Pablo hubiera dicho; pero Josh, Alex, Ken, Manuel... también. ¡Aquel malnacido incluso había cenado con mi madre!

Lo único que me consolaba a ese respecto era que ella había vuelto a Barcelona de nuevo, así que estaría a salvo. Pero... ¿y los demás?

Me había planteado llamar a la policía, pero no sabía cómo explicar aquello sin incluir la verdadera naturaleza de Galder. ¿Qué haría la policía en ese caso? ¿Reírse de mí? ¿Encerrar a Galder hasta la luna llena y matarlo después?

Demasiado confundida para enfrentarme a aquellos pensamientos sola, salí de mi cuarto y me encontré a Josh y Manu desayunando en el sofá. Tenían puesta la televisión, pero no le estaban haciendo caso. Hablaban, se reían, Josh tenía las piernas estiradas encima de las de Manu y sujetaba una tostada con una mano y su café con la otra. Se les veía tan felices... ¿Cómo iba a dejar que Pablo les hiciera daño?

—¿Estás bien?

No me di cuenta de que me habían visto hasta que oí la voz de Manu.

—Sí, ¿por qué?

Josh dejó el desayuno sobre la mesita baja y vino hacia mí.

—¡Porque estás llorando!

No pude contenerme y le abracé mientras intentaba limpiarme las lágrimas con la manga del pijama.

—¿Ha pasado algo con Galder? —susurró.

Negué y tragué saliva para intentar hablar sin sollozar.

—Es solo que he... he soñado que os pasaba algo malo y al veros me ha entrado tanto alivio que me he puesto a llorar.

Josh se apartó para mirarme con el ceño fruncido.

—¿En serio? —Asentí, y me reí de lo tonta que sonaba mi excusa—. Ay, Mary, pero si ya sabes lo que dicen: mala hierba nunca muere.

—Habla por ti —dijo Manu, ofendido—. Yo soy una persona maravillosa.

Cuando Galder salió de la ducha, preparamos algo para desayunar y nos unimos a Josh y Manu en el sofá. El rato que pasamos con ellos, riéndonos y comentando la reposición de los mejores momentos de galas navideñas de años pasados me sirvió para reconectar con el mundo más allá de la amenaza de Pablo. Más allá de todo lo sobrenatural que me estaba pasando, en realidad.

¡Qué fácil es todo cuando no sabes que los monstruos existen! Cuando solo tienes que alabar la elección de vestuario de los presentadores de una gala o criticar los planos persistentes del culo de las bailarinas de uno de los números musicales.

No podía quitarles a Josh y Manu esa normalidad. A ninguno de mis seres queridos, en realidad, y aquello fue precisamente lo que me hizo decidir que no quería arriesgarme a ponerles en peligro.

Poco antes de la hora de comer, le propuse a Galder ir a dar un paseo para despejarnos.

—Pero puede que esté ahí fuera —dijo—. No quiero que corras peligro.

—Pablo me dijo que no me haría nada. Bueno, más o menos —aclaré—. Pero en este rato he estado pensando y, si tenemos que enfrentarnos a él, prefiero que sea lejos de mis amigos. —Un escalofrío me recorrió la espalda—. Ha estado con ellos, ha cenado con ellos... Y no tenían ni idea...

—¿Has dicho «enfrentarnos»? ¿En plural?

—Sí, bueno, ¿es que pensabas de verdad que te iba a dejar solo en esto?

El paseo nos llevó al Retiro, donde acabamos pasando todo el día. La mayor parte del tiempo, nuestra conversación consistió en discutir acerca de mi implicación en su problema con Pablo. Yo tenía claro que no podía apartarme sin más y dejarle enfrentarse solo a aquel loco, pero Galder estaba empeñado en que me alejara de él lo máximo posible.

—Te quiero, Mary —me dijo poco antes del anochecer—. Te quiero mucho. No quiero que mis problemas lobunos te salpiquen. Es demasiado peligroso.

—Precisamente por eso, porque yo también te quiero, no puedo dejar que te enfrentes a él solo —respondí.

Galder me besó y me abrazó con fuerza. Aquel espacio del mundo, entre sus brazos y con mis seres queridos a salvo, era uno que valía la pena proteger. Tras unos segundos así, seguimos paseando abrazados por la cintura.

—Entonces..., ¿qué planeas hacer contra Pablo? No veo garras o colmillos por aquí —dijo mientras me recorría los labios con un dedo.

—Pues le lanzaré una silla o le daré una patada, yo qué sé. Lo único que sé es que no puedo darme la vuelta y dejarte enfrentarte a él solo. ¿Qué clase de novia sería si hiciera eso?

—Una novia viva —puntualizó él.

Resoplé, pues sabía que ninguno de los dos daría su brazo a torcer.

—Hay algo que quiero hacer sí o sí —dije—. Quiero mantener a Josh y a Alex a salvo. —Me tembló la voz—. Ellos no saben nada de Pablo, pero él les conoce y sabe dónde viven... No quiero que les haga nada.

—¿Qué propones?

—Sacarlos de la ciudad mientras esto no esté solucionado.

—Buena idea, aunque poco viable.

—No si conseguimos que la escapada invernal salga adelante. Lo único que tenemos que hacer es fijar un destino pronto: ellos se van y nosotros solucionamos esto mientras tanto.

—O te vas con ellos y yo soluciono esto mientras tanto.

Iba a replicarle cuando alguien nos chistó desde detrás de unos arbustos.

Nos giramos, pero no vimos a nadie. Ese alguien volvió a chistar.

—¿Hola?

—Te aconsejo que te acerques, Galder. —La voz de Pablo salió del interior de los arbustos—. A no ser que quieras que todas las personas que están paseando vean lo que va a pasar.

—Mary, vete. —Galder se había tensado. Salió del camino y se internó en los arbustos sin decir nada más. Una parte de mí, al recordar mi encuentro con Pablo el día anterior, estuvo tentada de salir corriendo.

Miré a mi alrededor. Era la hora de cierre del parque. No estábamos muy lejos de una de las salidas y, si algún guarda me veía, me harían salir del parque, y no quería dejar a Galder solo.

Desoyendo todas las advertencias de mi instinto de supervivencia, atravesé los arbustos.

—No finjas que no sabes de lo que te estoy hablando —decía Pablo cuando llegué—. ¡Eres un asesino!

Me quedé escondida. Sabía que sería de más ayuda como elemento sorpresa que como distracción para Galder.

—Pablo, no te conocía antes de que Ekene nos presentara el otro día. —La postura de Galder indicaba que intentaba tranquilizar a Pablo, aunque, por la cara de loco del otro…, no lo estaba consiguiendo—. Si te hice algo, lo siento, pero…

—¡Deja de fingir ya, lobo! —soltó Pablo, y Galder se quedó de piedra. Aquella palabra, que sonó más como un insulto que como un nombre, le dejó helado.

—¿Qué estás diciendo?

Pablo soltó una risotada.

—Te dije que dejes de fingir... Sé que la primera vez que te transformaste en lobo eras solo un adolescente —continuó—. También sé que uno de tus profesores te ayudó a esconderte y que tú, como pago, le mataste.

—Eso no es...

—¡Deja de mentir! —Pablo se puso rojo de rabia—. ¿Sabes por qué lo sé? ¿Por qué sé que despedazaste a un pobre hombre inocente que solo trataba de ayudarte? Porque ese profesor era mi tío.

Galder guardó silencio.

—Yo... No quería... No pude controlarme...

—Qué pena —dijo Pablo sin rastro de emoción en la voz—. Mi padre se quedó destrozado cuando supo que su hermano había muerto. ¿Sabes lo que nos trajo la policía? Unas gafas rotas y un montón de ropa llena de sangre y hecha jirones. Eso es lo que nos quedó de él. —Pablo emitió un sonido gutural cuando la rabia aumentó tanto que le impidió seguir hablando—. Mi padre salió todas las noches después de aquello a buscar a su asesino, pero no logró encontrar nada... Yo, sin embargo, te encontré a ti.

Desde mi escondite pude ver la sonrisa de satisfacción en el rostro de Pablo. Daba la sensación de que llevaba muchos años esperando ese momento.

—Encontré las pisadas del lobo cerca de la zona donde estaba el cuerpo de mi tío. Las seguí y me condujeron a tu cobertizo. Allí perdí el rastro, pero seguí yendo, tuve paciencia y esperé... Y entonces, en la siguiente luna llena, te vi. —Los ojos de Pablo reflejaban toda la rabia que teñía sus palabras—. Te vi llegar casi al anochecer y, cuando la luna estaba ya en lo alto, oí los aullidos. Vi cómo las paredes se tambaleaban con tus embestidas. ¡No lo podía creer! —soltó con una carcajada—. El asesino de mi tío no había sido un lobo, como había creído al ver las huellas: había sido un vulgar adolescente.

»En ese momento quise matarte. Tú, tan enclenque, tan joven, habías acabado con la vida de un hombre bueno. Quise ir a por ti aquella mañana, mientras aún estabas medio inconsciente... Pero no pude. Cuando entré en el cobertizo y te vi, tirado en el suelo, solo vi a un muchacho. El monstruo ya no estaba y no volvería hasta la siguiente luna llena. Así que tomé mi decisión: no mataría al chico, mataría a la bestia.

—Tú mismo estás hablando de dos seres diferentes, Pablo. ¡Yo no maté a tu tío! ¡Fue el lobo!

—¡El lobo en el que tú te transformaste! No vas a darme pena, Galder. Mi padre murió sin haber recibido justicia para su hermano... Pero yo se la daré.

En ese momento, los ojos de Pablo empezaron a parpadear de una forma extraña y me pareció que su altura aumentaba. Galder dio un paso atrás y comprendí que no me lo estaba imaginando: Pablo estaba transformándose.

—¿Sabes? —Su voz había cambiado también—. Desde el principio supe que no podría matarte siendo un débil humano, así que tuve que buscarme mis recursos...

La frase terminó en un alarido cuando su columna se erizó y le hizo tambalearse hacia delante. Sus piernas se ensancharon y se llenaron de pelo y sus músculos se estiraron hacia arriba, lo que hizo que los pantalones le quedaran ridículamente cortos.

—Se está convirtiendo en un lobo —susurré. Galder me oyó y se giró con el rostro desencajado de terror.

—¿No querías luchar contra el monstruo? —preguntó mientras daba un paso atrás y hacía gestos para que me alejara.

—Dije que mataría al monstruo. —La voz de Pablo perdió todo rastro de humanidad al tiempo que su rostro se transformaba en una máscara lobuna negra y aterradora—. No que no pudiera divertirme con el humano antes.

Galder dejó de intentar razonar y echó a correr tras tirar de mí. Los rugidos de Pablo, que seguramente estaba terminando de transformarse, se oían aún a nuestras espaldas cuando llegamos a la altura de una de las salidas. Una pareja de policías estaba hablando con los guardias que la vigilaban.

—¡Hay un lobo ahí dentro! —grité sin dejar de correr—. ¡Tienen que cerrar las puertas!

Los policías iban a replicar, seguramente a llamarme loca, pero entonces Pablo aulló. Su transformación debía de haberse completado y aquel aullido sonó más aterrador en mis oídos que todos los de Galder juntos.

Los policías debieron de pensar algo parecido, pues instaron a los guardias a salir y tiraron juntos de las vallas. Uno de ellos, mientras tanto, se apartó para llamar a control de animales, o a algún veterinario, o yo qué sé. Lo único que recuerdo es que no paramos de correr hasta que llegamos a Atocha, y ni siquiera allí nos sentimos a salvo.

Supongo que este es un buen momento para explicarte la diferencia entre un hombre lobo «natural» de uno convertido. Un hombre lobo natural, como Galder, mantiene bien diferenciadas sus facetas de hombre y de lobo, hasta el punto de que ninguna de las dos tiene poder sobre la otra. De hecho, como ya sabes, Galder no tiene control sobre sus transformaciones, que ocurren siempre durante la luna llena.

Por otro lado, un hombre lobo convertido es alguien que o bien ha sido transformado sin querer, por una mordedura o una maldición, o bien lo ha deseado, como Pablo. En este caso, el hombre y el lobo no son tan diferentes. Solo vi a Pablo de refilón cuando nos marchábamos, pero pude distinguir que el lobo en el que se transformaba no tenía el pelaje tan espeso ni rasgos tan puramente animales como el de Galder.

Tenemos varias teorías sobre lo que hizo Pablo para convertirse, pero, teniendo en cuenta que Galder es el único hombre lobo de su pueblo natal, no pudo haber sido por una mordedura. Al final, llegamos a la conclusión de que, si el tío de Pablo sabía lo suficiente de hombres lobos para reconocer a uno, no es de extrañar que esa familia tuviera los conocimientos suficientes para forzar una transformación.

Cada uno tiene sus motivos y para gustos, los colores, claro, pero, si soy sincera, prefiero que mi novio se convierta en un lobo sin querer antes que en algo intermedio, peludo y con hocico por decisión propia.

Volver a casa durante las fiestas

Mary, no te vas a creer lo que ha pasado.

La voz de Alex sonaba entre preocupada y deseosa de compartir un cotilleo al otro lado del teléfono. Estaba casi segura de lo que iba a contarme, pero aun así pregunté.

—La policía encontró a Pablo en el Retiro ayer, ¡medio inconsciente!

Tuve que forzarme a pensar una broma de las que habría hecho en situaciones normales.

—¿Demasiada cerveza?

—¡Qué va! Por lo que parece, alguien dio aviso de que había visto un lobo en el Retiro, ¿te lo puedes creer? Si no fuera porque Pablo lo vio, no me lo creería.

—¿Pablo lo vio?

—Claro que sí. Dice que iba dando un paseo cuando el lobo se le echó encima inesperadamente. Cuando la policía lo encontró, solo tenía la ropa rota y estaba muy desorientado. Supongo que le espantaron antes de que pudiera hacer algo… Da miedo, ¿eh?

—Ya ves. —Aquella vez no tuve que mentir—. ¿Y Pablo está bien?

—Bueno…, todo lo bien que se puede estar, supongo. Ekene dice que está de baja. Por el *shock*.

—No me extraña…

Tras lo que había presenciado la tarde en que Pablo se transformó en un hombre lobo, no tenía ánimo de casi nada. Tenía que ir al trabajo porque no había una causa no paranormal justificada, pero me daba miedo andar por la calle. Miraba por encima de mi hombro cada dos por tres siempre que salía de casa, esperando ver a Pablo en cualquier esquina, con los colmillos asomando por una boca a medio transformar en hocico. Aquello me estaba superando, y aún más cuando era Josh el que salía de casa. ¿Y si Pablo decidía usarlos para llegar a Galder? Que me usara a mí me aterrorizaba, pero mis amigos no tenían culpa de nada.

—¿Estás bien?

La voz de Lily, que pinchó la burbuja de miedo en la que estaba metida, me sacó de mis pensamientos uno de aquellos días en el trabajo.

Se había inclinado desde su silla, en la mesa de al lado, para poder hablar en voz baja. No me había dado cuenta, pero llevaba un rato sentada delante de la pantalla del ordenador sin hacer nada.

—Sí —mentí—. Tengo muchas cosas en la cabeza, pero estoy bien.

—Te notaba algo ausente. O igual soy yo, no lo sé.

—¿Por qué podrías estar ausente? —Era cierto que hacía días que no hablaba con ella más de dos minutos, así que, si le estaba pasando algo, no me había dado cuenta.

—Es que voy a pedirme una excedencia —susurró, y se acercó a mí—. Lo decidí hace unas semanas y aún no me he atrevido a decírselo a los de arriba.

—¿Una excedencia? ¿Estás bien?

Lily asintió.

—No sé si sabes que parte de mi familia es irlandesa.

—No, no lo sabía. Pero, viendo su pelo rubio y sus pecas,

podría pasar por una sin problemas. Siguió hablando antes de que pudiera responder—. Hace años que solo voy a Dublín para el cumpleaños de mi abuela, y me he dado cuenta de que he perdido relación con ella. Cuando fui consciente de ello me puse un poco triste, porque ¡quién sabe cuánto vivirá! El caso es que, entre eso y que he descuidado mi inglés..., he decidido irme a vivir allí unos meses.

—Me parece muy valiente por tu parte... Y me alegro mucho por ti —respondí, para mi sorpresa. Sí, a veces Lily era demasiado dulce para mí, pero siempre había sido amable conmigo—. Si es lo que quieres..., ¡adelante!

—Gracias. —Lily sonrió tímidamente—. Va a ser difícil al principio: estar separada de mis padres, de toda la gente a la que quiero y que vive aquí... Pero creo que cuando quieres conseguir algo a veces hay que hacer sacrificios, ¿no?

Asentí despacio, sin poder evitar que todo lo que había vivido durante aquellas últimas semanas volviera a mi mente. ¿Qué sacrificios habría hecho Pablo para tener una oportunidad de vengarse de Galder?

Lily chasqueó la lengua a mi lado.

—Ya sé por qué estabas ausente. Hoy te dicen qué pasa con tu contrato, ¿verdad?

Tuve que contenerme para no parecer tan sorprendida como estaba. ¿Ya se acababa mi contrato de becaria? ¿Tanto tiempo había pasado y ni me había dado cuenta? Tuve que asentir, fingiendo que era aquello lo que me pasaba, y me disculpé para ir al baño.

Saqué mi teléfono, miré en las notas de mi calendario y, sí, ahí estaba: reunión a las doce con mi jefa. No podía creerme que todo lo que me estaba pasando me hubiera hecho olvidar algo tan importante.

Saqué el pequeño neceser que llevaba en el bolso e intenté arreglarme un poco antes de reunirme con ella: que pareciera que había dormido bien y me había arreglado a propósito, al menos.

Con un aspecto medianamente decente, salí del baño y crucé los dedos. Ojalá el destino me tuviera preparada una buena noticia, para variar.

Llegué a casa cuando ya estaba anocheciendo, después de dar un paseo largo y en silencio.

—Os presento a una exbecaria —dije nada más entrar por la puerta—. ¡Y nueva parada!

Josh y Galder se quedaron mirándome, sin saber cómo reaccionar.

—¿No te han contratado al final?

Sorbí por la nariz. Pensé que el paseo me había servido para librarme de aquel sentimiento de pérdida, pero parecía que no había funcionado.

—Dicen que están muy contentos con mi trabajo, pero que no pueden permitirse contratar a alguien ahora mismo con lo que supone un sueldo a tiempo completo. Me han dado las gracias y una carta de recomendación para la siguiente empresa que vaya a contratarme.

Galder se acercó a mí y me abrazó con fuerza. Me permití dejar rodar alguna que otra lágrima más, pero no tardé en limpiarme las mejillas y separarme para intentar recomponerme.

—Pienso utilizar este parón para intentar disfrutar las fiestas con mi familia. Ya buscaré trabajo en enero.

Cuando nos quedamos solos, pude explicarle a Galder eso de las fiestas y la familia.

—Esta tarde he estado pensando en lo que dijo Pablo, que quería enfrentarse al lobo. Eso me hace creer que pretende esperar a que te transformes para hacerlo, así que, bueno, igual estoy siendo optimista, pero puede que tengamos un poco de margen antes de que eso pase.

—Así que quizás no intentará nada hasta… —Guardó silencio mientras echaba cuentas—. ¿Mediados de enero?

—Exacto.

—Igual sí que es un poco optimista de tu parte.

—Puede ser, pero, si tú vuelves a casa durante las fiestas, yo me voy a Barcelona con mi madre y Josh y Alex vuelven con sus respectivas familias, cosa que hacen cada año…, podremos despistar a Pablo, aunque sea un poco. Si todos desaparecemos de Madrid durante estos días, le quitamos objetivos de en medio.

—¿Y qué le va a impedir venir a Asturias y atacarme allí?

—Por un lado, lo que dijo del lobo. No lo sé, me parece el tipo de persona tan obsesionada con una idea que no lo estropearía cuando todo estuviera ya en marcha. —Galder meneó la cabeza, convencido a medias—. Y, por otro lado, Alex me ha dicho que lo del lobo en el Retiro ha trascendido y Pablo ha fingido que le atacó. Está de baja, y Alex dice que le están haciendo un seguimiento desde el departamento de salud del trabajo para ver cómo van «los efectos del *shock*». Así que tiene que estar en casa al menos hasta que pase un tiempo y le den el alta, por si se presentan allí.

—Estás confiando mucho en que todo va a salir como esperas. Lo sabes, ¿no?

—Sí, pero necesito hacerlo o me volveré loca.

No recuerdo aquellas Navidades con claridad.

Sé que mis previsiones se cumplieron y que tanto mis amigos como mi novio y yo abandonamos Madrid durante una semana. Galder y yo hablábamos todos los días, en parte porque nos echábamos de menos y en parte para asegurarnos de que el otro estaba bien.

Disfruté cada instante con mi madre y mi hermano, pues sabía que, si las cosas iban mal en la siguiente luna llena, tal vez no tendría otra oportunidad como aquella. Y me consta que Galder hizo lo mismo.

En Nochevieja hicimos una videollamada para felicitarnos el año y mi madre aprovechó para decirle que tenía que ir a Barcelona algún día, que me convenciera para hacer una escapada.

—Todo el mundo dice que soy una estupenda guía turística.

Aquella videollamada me sirvió para poner cara a las hermanas y los padres de Galder, que me felicitaron el año y me invitaron a ir a Asturias a conocerlos también. No sabía cuánto les habría contado él de nuestra relación, pero, fuera lo que fuera, estaba claro que había sido positivo.

No hubo noticias de Pablo en aquel tiempo, y, cuando llegó Año Nuevo y me tocó coger un tren de vuelta a Madrid, casi me había olvidado del miedo que había sentido antes de aquella semana.

Volví a ver a Galder el dos de enero. Yo estaba en el apartamento, aún sola, porque Josh había decidido pasar con Manu los últimos días de fiesta y se había llevado a Diminuto con él.

En cuanto entró por la puerta, me tiré sobre él y le abracé durante un rato, como si necesitara aquello para ser consciente de que aún seguíamos vivos.

No nos separamos hasta un buen rato después, enredados entre las sábanas de mi dormitorio.

Momentos como aquel, en silencio, con mi cabeza sobre su pecho y su respiración profunda agitándome el pelo, me hacían feliz. Me sentía en casa.

Desde que mis padres se habían divorciado, hacía muchos años ya, no había sentido ningún sitio del todo como mío. Había tenido la suerte de que había sido una separación amistosa y de que no había acabado sufriendo más de lo necesario, pero estar en mi antigua casa sin mi padre era tan raro para mí como ir a su casa (antes de que volviera a Ecuador, claro) y no oír la voz de mi madre. Todo se me quedaba a medias.

Con Josh y Alex, una vez que me independicé durante la etapa universitaria, había encontrado un lugar seguro al que volver tras los desengaños amorosos, las malas notas y los ataques de ira. Ya no era mi casa, era *nuestra* casa. Luego Alex se había mudado con Ekene y Josh y yo nos habíamos convertido en la familia del otro. Y ahora… Galder se estaba convirtiendo un poco en eso para mí. Tenía una presencia cálida y tranquilizadora que me hacía sentir que podía con todo lo que se me echara encima. Tal vez algún día…

—¿En qué piensas?

Me aparté para mirarle y busqué la manera menos sentimental de expresarle todo lo que había estado pensando, pero no se me ocurrió, así que acabé rindiéndome y se lo conté.

Galder me escuchó en silencio y me besó en la frente de vez en cuando.

—Yo me siento igual —acabó reconociendo—. Por culpa de mis transformaciones nunca me sentí seguro y cómodo en ningún sitio. —Inspiró hondo—. Con mi familia no podía ni quería estar, porque sentía que les haría daño a cada momento. Aquello fue al principio, claro, cuando no controlaba esto como ahora.

»Después, fui mudándome de un sitio a otro, buscando una ciudad en la que me sintiera cómodo, una casa en la que todos los demás estuvieran seguros... Pero no me sentí así hasta estar contigo.

A medida que le escuchaba, los ojos se me iban empañando más y más. Así que yo era tan importante para Galder como él lo era para mí. Había salido con muchas personas, pero él era la primera que me decía cosas como esa.

—Me alegra mucho que te sientas seguro conmigo —dije con una sonrisa tan grande que casi no me cabía en la cara—. Yo siento lo mismo.

—Ojalá pudiera mantenerte a salvo siempre —murmuró.

Sabía que se refería a Pablo.

A que habíamos vuelto a Madrid y no había forma de retrasar más lo que estaba por venir. Solo teníamos que buscar la manera de ponerlos a todos a salvo... y de sobrevivir, claro.

Nuestro movimiento para la luna llena

Como mi miedo a ver morir a todos mis seres queridos a manos de un medio lobo desquiciado me había vuelto previsora, antes de las fiestas les había pedido a mis amigos que se guardaran uno o dos días libres para hacer una escapada a principios de año.

La luna llena caía en un jueves de enero, así que tenía que asegurarme de que todos podían salir de la ciudad antes de esa noche.

Por eso, cuando volvimos a vernos el primer fin de semana del año, todos habían hablado ya con sus respectivos jefes y yo había buscado un buen número de casas rurales, bien alejadas de la capital, para acelerar el proceso y asegurarme de que estarían lejos del peligro durante la luna llena.

Todos se habían sorprendido de lo proactiva que estaba siendo (cuando yo solía ser ese miembro del grupo que se deja llevar y paga su parte sin rechistar), pero me limité a decirles que, después de mi chasco del trabajo, necesitaba un empujón antes de lanzarme a la búsqueda de un nuevo empleo.

Y en parte era verdad, aunque sabía que no iba a poder disfrutar de todos los planes que estábamos haciendo.

Porque, claro, cuando descubrí que Galder era un hombre lobo, me preocupé de inmediato por mi seguridad. Temí que pudiera hacerme algo en algún momento si no recordábamos la luna llena o si un día el mundo se volvía más loco aún y se transformaba a las dos de la tarde por error. Puede sonar algo feo, pero al principio no se me ocurrió pensar en la seguridad de las personas que había a mi alrededor.

Pero en aquel punto de la historia, mientras nosotros cenábamos alegremente y planeábamos una escapada a la nieve, un psicópata que podía transformarse en hombre lobo sin necesidad de luna llena estaba al acecho. ¿Cómo no iba a activarme y planear en una situación así?

—Mary, ¿por qué no me escuchas?

—Te estoy escuchando. Lo único que pasa es que no te estoy haciendo caso.

Galder soltó un gruñido de frustración. Estábamos en mi dormitorio, que a esas alturas ya se había convertido en el nuestro, doblando ropa.

—Pero ¿por qué eres tan cabezota?

—¿Yo? Eres tú el que intenta prohibirme hacer lo que quiero.

—Oh, vaya, perdona por insistir en que te vayas de viaje con tus amigos en lugar de quedarte cuando un desequilibrado con forma de lobo venga a buscarme y ponga en peligro tu vida.

—¿Crees que no lo he pensado? Que tal vez debería irme y ponerme a salvo con los demás… —Sacudí la cabeza—. Pero no puedo. ¿Y si te deja muy malherido y no hay nadie que pueda llevarte al hospital? ¿Y si necesitas ayuda?

—Mary, no quiero ofenderte, pero ¿cómo demonios piensas ayudarme a luchar contra un monstruo como él?

—Aún no lo sé —me limité a responder. ¿Para qué mentir?

Galder suspiró, se acercó a mí y me abrazó con fuerza.

—No quiero que te hagan daño, Mary —susurró—. Voy a estar mucho más tranquilo si te quedas al margen. No sé cuándo vendrá a por mí ni dónde… Necesito que estés a salvo.

Se me llenaron los ojos de lágrimas.

—Yo necesito lo mismo. —Inspiré hondo—. Hagamos esto: vamos a pensar un plan. Si es lo suficientemente bueno para que te ayude sin ponerme en peligro, me quedo. Si no, me voy.

Galder meneó la cabeza. Sabía que aquello no le gustaba, pero no iba poder convencerme de irme y abandonarlo a su suerte sin pelear al menos.

—Hecho.

Pasamos todo ese día y los siguientes pensando planes e intentando tirarlos por tierra para ver cómo de fiables eran. La única condición que Galder había puesto al principio era que no existiera la posibilidad de que saliera herida en ninguno de ellos, pero yo añadí después que la segunda condición debería ser que la gente de la ciudad tampoco.

Así que empezamos a pensar variantes del plan en el que la lucha pudiera trasladarse a algún sitio cerrado.

En medio de una de aquellas charlas tan intensas en las que me sentía una agente especial, sonó el teléfono de Galder.

—¿Diga? Ah, ¡hola, mamá!

—«Hola, mamá», dice, ¡llevas días sin llamar! —Se oyó al otro lado.

Esbocé una sonrisa tímida y Galder se alejó, sonrojado, para poder hablar con calma.

Debía de ser muy duro para él estar tan lejos de los suyos. Haberse alejado de su pueblo por los recuerdos de lo que había pasado, por tener menos facilidades para encerrar a la bestia cada luna llena…

Aquel pensamiento hizo clic en mi cerebro. Me levanté corriendo del sofá para decírselo antes de que se me olvidara.

Le encontré apoyado en la encimera de la cocina, hablando con su madre sobre cómo había pasado aquellos días.

—¡Galder! —susurré—. Se me ha ocurrido una manera de solucionar lo de Pablo. —Gesticulaba mucho para compensar el volumen bajo—. Recuérdame que hablemos del trastero luego.

Galder asintió y entonces abrió mucho los ojos.

—Mamá, ¿está Naia por ahí? Pásamela. —Iba a irme, pero Galder me detuvo. Le miré extrañada—. ¡*Kaixo*, Naia!

Escuché cómo su hermana contestaba en euskera y dejé de entender lo que decían. Galder me había contado que su padre solía hablarles solo en euskera y su madre en castellano, así que sus hermanas y él habían sido bilingües desde muy pequeños. En cuanto a sus hermanas, utilizaban uno u otro idioma con la familia según les apeteciera.

Me quedé frente a él, oyéndole hablar en un idioma que no controlaba en absoluto y sin saber qué estaba pasando. Cuando Galder se despidió de su hermana, se quedó un momento mirando el teléfono.

—¿Por qué querías hablar con Naia?

—Porque tiene más o menos la misma edad que Pablo, así que pensé que igual habían coincidido en el colegio.

—¿Y has descubierto algo?

—Sí, aunque creo que no es muy importante.

—Cuéntame —le animé.

—Por lo visto, sí que coincidieron, pero no tenían relación. El caso es que el colegio lleva años organizando reuniones de antiguos alumnos y hace unos meses le tocó al curso de Naia.

»Mi hermana me ha contado que ella estaba allí con sus compañeros, tan tranquila, y que de repente Pablo se acercó a hablar con ella. Dice que le soltó un rollo de que siempre la había admirado por ser tan buena jugando al baloncesto y que le preguntó que qué tal la familia. Naia creía que intentaba ligar con ella, así que acabó escabulléndose con una amiga, pero yo creo que lo que quería era saber dónde estaba yo.

—¿Tu hermana le contó que estabas en Madrid?

—No le pregunté. No quería parecer demasiado interesado para que no me preguntara…, pero, si le habló sobre la familia, no es raro que le dijera que yo estaba en Madrid.

Solo tuvo que mover hilos para conseguir un puesto de trabajo en la capital.

—¿Y crees que le juntaron con Ken por pura casualidad?

—Seguramente no. —Galder se encogió de hombros—. Tal vez descubrió que le conocía y pidió que le trasladaran con Ekene. O le trasladaron con él primero y luego nos descubrió, no lo sé. —Galder se pasó las manos por la cara—. Pero no creo que la próxima vez que le vea me lo vaya a contar.

—Seguramente no... —Entonces recordé lo que había pensado antes—. Por cierto, tengo una idea para ese día.

Y así fue como planeamos nuestro movimiento para la luna llena.

Esa que ninguno de los dos quería que llegara, por cierto. Por mucho que nos preparásemos, por mucho humor que quisiéramos poner de nuestra parte, estábamos asustados. Que Pablo estuviera tan obsesionado con acabar con Galder era algo que nos asustaba mucho, pero ¿qué podíamos hacer?

Por eso tomamos la única decisión que se nos ocurrió: Galder tendría que enfrentarse a Pablo en lugar de quedarse esperando. Hacerle frente de alguna manera, aunque no sabíamos cómo. Lo más fácil era rendirse a su juego y que lucharan, pero yo empezaba a ser consciente de lo terriblemente real que sonaba todo aquello. Luchar.

¿Y si Galder resultaba herido? ¿Y si moría? No habría una manera sencilla de explicar el porqué, por no hablar de que perdería a una de las personas que más me importaban en ese momento. A una persona a la que quería.

Pero huir tampoco era una opción. Si huíamos, seguro que Pablo nos seguiría, o pondría en peligro a nuestros seres queridos. ¡Conocía a mis mejores amigos! ¡Y a mi madre! ¡Había estado en casa de Alex! No podíamos confiar en que todo fuera bien si intentábamos huir de él. Y no estaba dispuesta a ponerles en peligro.

Por eso decidimos ir por el camino fácil: nos rendimos.

Nos rendimos a lo que Pablo quería, pero con nuestros propios términos. Y dimos forma al plan.

Galder no quería que yo estuviera cerca cuando todo empezara, pues no sabíamos lo imprevisible que podía ser Pablo, así que al principio yo tendría que estar escondida. Él iría al Retiro, donde le vimos por última vez. Como intuíamos que estaría vigilando sus movimientos, lo mejor era llevarle hacia allí de primeras. De ese modo, en caso de que las cosas se fueran de las manos, al menos las rejas podrían contenerles si nadie les descubría antes de que cerraran.

Si todo iba bien, Galder le pediría llevar aquello a un sitio cerrado para que nadie saliera herido y le conduciría hasta el trastero donde solía encerrarse cada luna llena. Una vez que entraran, si todo sucedía como suponíamos por la obsesión de Pablo con «acabar con la bestia», Pablo esperaría a que Galder se transformara y entonces él, que parecía controlar sus propios cambios, se transformaría también.

En ese momento, yo debía asegurar los cerrojos por fuera para que no hubiera forma de que ninguno de los dos pudiera salir de allí. Tenía que hacerlo justo en ese momento. Si lo hacía antes de que Galder se hubiera transformado, tal vez Pablo se pondría nervioso y perdería el control, como en el parque. Si aquello ocurría antes de que Galder fuera un lobo, estaría a su merced y… No quería pensar en eso.

Lo único en lo que debía centrarme aquella noche era en alejarme todo lo que pudiera de esa zona y encerrarme en casa. Debía esperar al amanecer para volver a buscarle… Y esperaba sinceramente que el que quedara en pie fuera Galder. No podría soportarlo si fuera de otra manera.

De modo que los días fueron pasando y los planes se fueron cerrando. Josh y Alex hablaban de nuestra salida con mucha emoción y yo, que era consciente de que iba a darles plantón, me sentía terriblemente mal. Sabía que se enfadarían conmigo, pero la alternativa era peor, de modo que me arriesgaría a ello.

Les habíamos dicho que, como Galder trabajaba hasta tarde, no iríamos hasta el viernes por la mañana. Así evitaríamos que Josh nos fuera preguntando cada poco rato cómo íbamos mientras Galder se peleaba con un hombre lobo y yo me mordía las uñas en casa.

Ese jueves, al salir del trabajo, todos fueron dirigiéndose en coche hacia la casa rural (que Galder y yo también habíamos pagado para no despertar sospechas, claro). Josh iba haciéndose *selfies* todo el rato mientras Manu conducía y nos las mandaba al grupo que teníamos con Alex. Ella, por su parte, mandaba audios de las canciones que iban escuchando y que se oían terriblemente mal a través del altavoz del móvil. Al ver lo felices que estaban Josh y Alex, yo no podía más que sentirme mal y asustada. Cada hora más.

Mucho antes del anochecer yo ya estaba que me subía por las paredes.

Galder y yo pasamos la tarde juntos, tirados en la cama y abrazados sin decir nada. Él me besaba la cabeza de vez en cuando y yo le besaba el pecho y me apretaba más contra él, como si así pudiera fundirme con su cuerpo y darle más fuerzas para luchar contra Pablo.

Éramos muy conscientes de que aquella tarde podía ser la última que pasáramos juntos. Que tal vez ya no volveríamos a vernos cuando se fuera... Si pensaba en eso, me entraban ganas de llorar, y tenía que controlar el deseo de pedirle que nos fugáramos y fingiéramos que nada de eso había pasado. Pero no podía. No podía dejar tirados a mis amigos.

—Es la hora —dijo Galder de pronto. El sol aún brillaba en el cielo, pero queríamos tener margen para que fueran del Retiro al trastero sin incidentes.

Me senté sobre la cama y le vi ponerse la camiseta en silencio. El vello que le cubría todo el cuerpo parecía erizado aquella tarde, y me pregunté si se debía a los nervios o a lo cerca que estaba el anochecer. Sus músculos estaban tensos también y respiraba hondo a cada bocanada de aire que daba.

Me acerqué a su espalda mientras se ataba las botas sentado en la cama y le abracé.

—No importa lo que diga Pablo. Eres una buena persona —susurré—. Por eso no va a ganar. Por eso y porque voy a preparar el desayuno mañana y no me gustaría que se quedara frío.

Galder se rio y me abrazó con fuerza. Nos besamos como si aquello fuera una despedida y salimos por la puerta en silencio unos minutos después. En cierto modo, aquellos momentos juntos me habían sabido un poco a despedida.

Galder fue al Retiro directamente y me pidió que fuera a la zona del trastero a buscar un sitio desde el que pudiera ver la entrada al recinto pero desde donde no se me viera a mí. El trastero estaba dentro de una nave enorme, con cientos de cajas de metal como la que Galder tenía alquilada, en medio de un polígono.

Busqué un escondrijo en un callejón cercano y esperé.

No llevaba ni dos minutos en mi posición cuando alguien me agarró del brazo desde atrás.

—Hola, Mary.

La voz de Pablo me heló tanto la sangre que me sorprende que pudiera moverme. Intenté zafarme, pero aumentó la presión con la mano.

—Yo que tú no haría eso —me advirtió—. ¿Dónde está tu amorcito? ¿Se olvidó de qué día es hoy? ¿O está ahí dentro, escondiéndose de mí?

Sabía que se refería al trastero, pero no tenía ni idea de cómo responder. ¿Qué debía decirle? ¿Que estaba en el Retiro, esperándole? ¿Que pensaba volver, así que sería buena idea esperarle allí? No había contado con que Pablo me estuviera vigilando a mí en vez de vigilarle a él.

—¿Por qué has venido a por mí?

—Verás, he estado pensando desde nuestro último encuentro —dijo, y me hizo girar para mirarle. Me dio dos besos, como si nos estuviéramos saludando, y sonrió—. Quiero matar a la bestia que mató a mi tío, como ya te dije, pero también te advertí que tenías que alejarte de él. —«Oh, no»—. Te pedí que te alejaras y que no te metieras en mi camino, y ¿me hiciste caso? No. —Negó con una sonrisa que no le llegaba a los ojos—. Así que no me queda más remedio que ampliar mi venganza. —Se encogió de hombros—. No lo había planeado al principio, pero creo que es mucho mejor, ¿no crees? Ya sabes lo que dicen: ojo por ojo. O, bueno, novia por tío.

Aquel encuentro me dejó completamente paralizada. Física y mentalmente, quiero decir. No entendía nada, no me parecía que hubiera ninguna solución; por eso, cuando Pablo me preguntó dónde estaba Galder y me apretó más el brazo, se lo dije.

Vete

Después de ese momento, he pensado muchas veces que podía haberle mentido. O que podía haberme puesto a gritar para que viniera la policía (no parecía que fuera armado, así que no me habría hecho nada). Pero, después, ¿qué? ¿Una noche encerrado y vuelta a lo mismo el mes siguiente? ¿Le separarían de mí y ya? Pablo no había hecho nada grave, de modo que nadie podía asegurarme que fueran a apartarle de Galder y de mí de forma permanente.

Sé que decirle dónde estaba Galder aquella noche fue cobarde, pero prueba a ser amenazado por un psicópata que puede transformarse en un monstruo y me cuentas.

Entramos en el Retiro poco antes de la hora de cierre. Llegamos a la zona donde Pablo nos había amenazado unas semanas atrás y vimos a Galder sentado en un banco, moviendo los talones sin parar arriba y abajo. Una de las cosas que recuerdo con mayor claridad de aquella noche es la forma en que su expresión se desencajó al vernos aparecer.

Llevaba la mirada de mi cara a Pablo y luego volvía a mí, como si no pudiera creer que nos hubiera ganado. Poco antes de que los guardias empezaran a sacar a la gente del parque, Pablo nos hizo gestos para que guardáramos silencio y nos escondiéramos hasta que se hubieran alejado.

Galder no dejaba de mirarme, asustado. Sabía que estaba pensando en cómo solucionar todo eso sin que yo saliera herida, ya que había un problema muy grave, además del evidente. Ahora no solo estaba en peligro por Pablo: en menos de veinte minutos, él también se transformaría en un lobo que no sabría quién era yo. Y tampoco le importaría.

—Pablo, suéltala, por favor —pidió Galder—. Ella no tiene nada que ver con esto.

—Eso le dije yo, y la he descubierto intentando ayudarte hoy. —Pablo chasqueó la lengua—. Yo más no puedo hacer.

Tuve que morderme la lengua para no decirle que dejase de decir tonterías.

Cuando llegamos a una zona apartada, Pablo aumentó la fuerza de su agarre para hacerme daño y que Galder se enfadara más con él. Empezó a relatarle cómo me mantendría sujeta el tiempo suficiente para que se transformara y cayera sobre mí primero al lanzarse a por él. Le describió cómo sus dientes me destrozarían y cómo moriría con el primer golpe si tenía suerte.

—Reconozco que no será algo agradable de ver, pero podré vivir con ello —concluyó—. E, incluso aunque no consiguiera matarte después de eso, que tengas que vivir con la certeza de que has matado a tu novia… —Se movió, como si un calambre hubiera recorrido su cuerpo—. Me vale también.

—Todo esto no tiene sentido. Me odias por haber matado a una persona inocente, ¡y tú pretendes hacer lo mismo! —No entendía cómo Galder seguía intentando razonar con él. Se le veía desesperado, seguramente tanto como yo me sentía, y tenía los ojos llorosos.

—No te equivoques, lobito. Serás tú quien lo haga —sentenció Pablo, y me clavó las uñas en el brazo hasta que gemí de dolor.

Ver la cara de Galder en aquel momento y sentirme tan indefensa fue más de lo que pude soportar. Estaba a punto de morir. Y ¿por qué? Porque un pirado se había obsesionado con el lobo que mató a su tío. ¡Era de locos! ¿Quién demonios era él para decidir si yo moría o vivía? Encima no se callaba. Solo quería torturar a Galder y alargar su sufrimiento lo máximo posible utilizándome a mí como pieza en ese juego que había montado.

Con estos pensamientos bullendo en mi cabeza, la ira echó al miedo a un lado y solté un taco por lo bajo. Pablo calló al oírme, se acercó y me retó a repetirlo si me atrevía, e hice lo que me pedía el instinto: le di un cabezazo.

La sorpresa y el dolor hicieron que Pablo me soltara para cogerse la cabeza y tuve suerte de que Galder reaccionara lo suficientemente rápido para sacarme de ahí, porque aquello había desestabilizado a mi captor. Y estaba dejando ya de ser un humano.

Dejamos atrás el sonido del cuerpo humano de Pablo cambiando mientras corríamos por nuestras vidas.

—Tienes que esconderte, Mary —decía Galder—. Si alguno de los dos te encuentra…

—Lo sé —asentí—. No sé dónde voy a hacerlo, pero no dejaré que me encontréis. Te lo prometo.

Necesitaba que se centrara en sobrevivir. Yo haría lo mismo.

Entonces Galder tropezó con algo y cayó. Me detuve para ayudarle, pero tardé solo unos segundos en darme cuenta de que no se había tropezado. Galder también estaba empezando a cambiar.

—Vete —logró decir. Y no necesité que me lo repitiera.

Recuerdo empezar a correr siendo terriblemente consciente de lo que tenía detrás. El aullido de Pablo al transformarse fue el primer aviso de que se me acababa el tiempo para esconderme y no tenía ni idea de dónde hacerlo.

Mis pasos me llevaron al lago y no sé si fue la razón o la desesperación quien tomó las riendas en ese momento, pero me dirigí hacia él.

No sé si eres muy aficionado al cine, pero en las películas, cuando a alguien le persiguen perros, suele cruzar un río para que pierdan el rastro de su olor. No había ningún río y no me perseguían unos perros, pero me pareció que el lago del Retiro serviría estupendamente para mi tapadera de olor humano. Me gustaría decir que me quité el abrigo y el bolso y me colé como una señorita, pero esta no es esa clase de historia. Tenía miedo, no veía otra solución. Así que me lancé al agua cuando el aullido de Galder recién transformado resonaba en la noche.

No recuerdo cuánto tiempo pasé ahí dentro.

Al principio me había preocupado que el chapoteo llamara la atención a alguno de los lobos, así que había nadado hacia el centro del lago y me había quedado lo más quieta posible para intentar pasar desapercibida. Poco después, la figura semilobuna de Pablo había aparecido olfateando el aire y jadeando, seguramente por el esfuerzo de correr hacia allí.

Era un ser realmente terrible. No se me ocurre otra palabra con la que describirlo, porque solo con mirarle me entraron ganas de gritar. Galder era un lobo cuando se transformaba, un lobo completo. Pablo, sin embargo, estaba a medio camino entre una cosa y la otra.

Andaba sobre las patas traseras, que eran mucho más grandes y fuertes que unas piernas y tenían forma de eso, de pata, y se apoyaba a ratos en las delanteras. Todo el cuerpo estaba cubierto de pelo también, aunque clareaba en la misma zona de la cabeza donde le clareaba al Pablo humano. Su cara tenía un hocico que salía hacia adelante igual que el de Galder, pero la zona de los ojos estaba más alta, como en el caso de los humanos. Sus garras delanteras eran más largas, como si la forma de los dedos se hubiera resistido a desaparecer.

Me costó horrores no moverme al ver aquella estampa. Solo quería nadar en la otra dirección y huir, pero sabía que, si me veía, no podría escapar.

Entonces apareció mi salvación en forma de lobo. Mientras Pablo estaba ocupado olfateando el aire, un lobo marrón, enorme y fuerte, apareció por detrás, acechándole. Está claro que Galder ha pasado la mayor parte de su vida como lobo encerrado, pues, aunque empezó el acecho muy bien, los nervios le hicieron hacer ruido demasiado rápido y Pablo se dio cuenta de que tenía a alguien detrás. Por suerte, Galder era lo bastante rápido y se lanzó hacia su cuello sin darle tiempo a defenderse.

Entonces se enzarzaron en una pelea y, al intentar alejarse el uno del otro, eso los llevó hacia la vegetación de nuevo, y así yo pude nadar hacia uno de los bordes para agarrarme.

Me dolía todo el cuerpo de la tensión y el peso de la ropa, pero, aun así, tuve que contenerme para no suspirar: estarían distraídos ahora, pero no sabía cuánto les duraría aquella distracción. ¿Qué sería más interesante para un lobo llegado el momento? ¿Su rival o una presa?

No tenía muchas ganas de averiguarlo, así que me quedé agarrada al borde, acurrucada dentro del agua fría y esperando no morir por hipotermia. Los peces se acercaban a mí, esperando que hubiera cambiado mágicamente en una miga de pan gigante, pero me daba igual: un pez buscando comida a mi alrededor era mucho mejor que un lobo viéndome a mí como la cena.

Acabé metida en una de las barcas del lago, tumbada lo más quieta posible para intentar que no se me viera desde fuera. No sé cómo me atreví a nadar hacia una de ellas y subirme. Solo recuerdo que hacía bastante rato que me había deshecho de mis botas como había podido y había dejado que el abrigo se perdiera en el fondo del lago, cansada de cargar con su peso, y me había dado cuenta de que no sentía del todo los dedos de los pies.

Supongo que mi decisión de confiar en que olía lo suficiente a agua estancada para disimular mi olor humano se debió a la necesidad de seguir sobreviviendo, ignorando el miedo de poder ser descubierta en mi escondite.

Me dormí a ratos aquella noche, escondida en la barca, y, pasadas varias horas, cuando la luna ya no estaba en lo más alto del cielo y mi cuerpo estaba empezando a entumecerse demasiado, decidí que era hora de intentar salir del parque.

No esperaba que me dolieran tanto los músculos, pero aguanté en silencio mientras trataba de recordar la forma más rápida de salir desde aquella zona del Retiro. Los gruñidos de pelea no habían dejado de oírse en toda la noche. De vez en cuando paraban y yo empezaba a preguntarme quién habría quedado en pie, pero entonces volvían a la carga. Supongo que, cuando uno de los dos estaba demasiado cansado (o herido, pero no quería pensar en ello), se alejaba del otro para esconderse hasta que el otro le encontraba.

La dirección por la que iba a huir se vio influida, como puedes imaginar, por el lugar del que provenían los rugidos: pensaba correr en la dirección opuesta y no mirar atrás.

Y eso hice.

Me clavé de todo en los pies, protegidos únicamente por la fina capa de mis calcetines, y solo pude rezar para que nada de aquello fuera peligroso para mi salud, porque no pensaba pararme a averiguar qué era lo que iba clavándome. Al rato de estar corriendo, con el dolor de las plantas de los pies mezclado con el miedo, las piernas empezaron a temblarme y tropecé. Recuerdo sentir un dolor punzante en las rodillas y supe que me había hecho sangre. Aquello hizo que el corazón me latiera con más fuerza. Si el olfato de los hombres lobo era tan bueno como en las películas, tal vez pudieran olerme a pesar de estar lejos.

Seguí corriendo, tiritando en silencio, e intenté cojear lo menos posible, pero los gruñidos y rugidos seguían sonando muy lejos de mí. ¿No me habían olido porque estaba lejos o porque ya había allí suficiente sangre para enmascarar mi olor? No quise darle demasiadas vueltas, como comprenderás.

Metí la mano en el bolso para buscar el móvil y vi que, efectivamente, el agua lo había echado a perder. Igual que el resto, incluidos los billetes de mi cartera, mi ropa y, bueno, todo.

Estaba segura de que ese olor no se me iría hasta que me bañara varias veces, aunque, mirándolo desde el lado positivo, ahora seguro que no olía a nada remotamente humano.

Tal vez había sido yo misma quien había enmascarado el olor de mi sangre.

Creo que aquella fue la vez que más rápido hice el camino de salida del Retiro, y la última, pues desde que salí no he vuelto a entrar. Recuerdo que llegué a las vallas y me lancé contra ellas, esperando que se abriera una puerta secreta por arte de magia. Como no fue así, evidentemente, me tocó recorrerlas para buscar una salida real.

Todo esto sin dejar de mirar hacia atrás todo el rato. Esperaba ver a Pablo o a Galder, esperaba que algo saliera de detrás de mí y me mordiera.

Tuve la suerte de llegar a una de las puertas antes de que algo así sucediera. La calle estaba desierta. Solo veía coches pasar de vez en cuando, a quienes hice gestos esperando que alguien me viera. No me atrevía a zarandear las puertas, ni siquiera ante la remota posibilidad de que consiguiera algo con eso, porque me aterraba la posibilidad de delatar mi posición con el ruido.

Cuando llevaba varios minutos allí plantada, sintiendo los temblores del frío cada vez con más intensidad, vi pasar a un coche de policía, patrullando, y casi me lancé contra la verja.

—Ayuda —susurré mientras agitaba las manos, y vi la expresión confundida de uno de los agentes antes de girar con brusquedad y frenar cerca de donde estaba. Los dos policías salieron del coche y se acercaron a mí con cautela.

—¿Qué hace ahí dentro? ¿Qué ha ocurrido?

No sabía cómo responder sin alertarles de la presencia de dos lobos dentro. Solo quería salir, pero no quería que descubrieran a Galder.

—¿Ha visto usted a algún lobo?

La cara que puse debió de ser respuesta suficiente.

—Vamos a sacarla de ahí, no se mueva.

Uno de ellos se alejó para llamar a alguien mientras su compañera permanecía cerca de mí para intentar tranquilizarme. Yo me quedé en el sitio, sin creerme todavía que me hubiera librado. Había sobrevivido.

Había sobrevivido.

No te miento si te digo que aquella fue la noche más larga de mi vida.

Cuando conseguí salir y la ambulancia llegó, me llevaron al hospital más cercano y me metieron directamente en urgencias. Me dolía todo el cuerpo, tiritaba por el frío y me sangraban los pies y la rodilla derecha. Pero estaba viva.

Recuerdo muy poco de aquel amanecer, pues me dormí (o me desmayé, no lo sé) en cuanto toqué la camilla, pero en los pocos momentos de lucidez posteriores solo podía pensar en Galder. ¿Qué le habría pasado? ¿Habría vuelto a ser un humano ya? ¿Seguiría vivo?

Yo solo había podido mirar por mi supervivencia aquella noche, y sabía que era lo que Galder también quería, pero no podía evitar pensar que ojalá los humanos fuéramos menos frágiles para ser de más ayuda en situaciones así. Aunque, claro, ¿cuántas veces en tu vida vas a verte en la tesitura de tener que ayudar a un hombre lobo a sobrevivir a otro?

La mañana siguiente

«La mañana siguiente» puede ser una expresión alegre o sugerente según el contexto, pero yo la he elegido para este capítulo por lo que significó para mí. Y por la noche que la precedía, obviamente.

Tras haber pasado horas metida en el lago del Retiro, haber sido amenazada por un psicópata y haber estado a punto de morir de hipotermia, amanecí en una camilla de hospital con una vía de suero enganchada a mi brazo.

Recordaba vagamente la madrugada, cuando había llegado al hospital. Me habían hecho algunas preguntas sobre la noche anterior, preguntas que no había podido responder, pues no era capaz de ordenar mis ideas y mentir como es debido. También me habían curado las heridas de los pies y la rodilla, me habían ayudado a entrar en calor y me habían puesto aquella vía. Dirigí mi mirada a la sábana que me cubría y leí el nombre del hospital: Gregorio Marañón; era el más cercano al Retiro.

Intenté incorporarme para mirar a mi alrededor, pero el hedor del agua en la que había pasado la noche me inundó la nariz.

—Qué asco, joder —susurré. Aunque lo cierto era que debía estar agradecida de oler así y no a sangre y barro, la verdad.

Aquello me recordó a Galder y tuve un muy mal presentimiento. ¿Por qué tenía que relacionarlo con sangre y barro? ¿No se me podía haber venido a la cabeza al pensar en los árboles, el calor o incluso en la luna?

Volví a incorporarme, ignorando aquellos pensamientos, y vi dónde me encontraba. Estaba en una sala enorme, rodeada por cuatro cortinas y una pared a mi espalda. Suponía que ahí llevaban a los casos de urgencias que debían permanecer en el hospital algunas horas, pero no por razones tan graves para tener que llevarlos a una habitación y dejarlos ingresados.

En ese momento fui consciente de que había más gente en aquella sala y de repente me dio la sensación de que el ruido de mi entorno me inundaba los oídos. Una mujer mayor a mi izquierda, quejándose de su dolor de cadera; una persona al fondo de la sala, llorando; familiares tranquilizando a sus seres queridos allí dentro... Y alguien escuchando las noticias, seguramente en el móvil, tras la cortina de la derecha.

«Esta madrugada, el Retiro ha sido ocupado por dos lobos —narraba un hombre—. Un aviso que alertaba sobre sonidos de lucha y aullidos en el parque de la capital durante la noche hizo que la policía se desplazara al lugar para comprobar los hechos. Al estar el parque cerrado y no oír nada sospechoso, los agentes se limitaron a patrullar las inmediaciones y a avisar a los responsables del recinto por si era necesario entrar.»

«Sin embargo, no ha sido hasta casi las cinco de la mañana cuando todo se ha empezado a movilizar con más velocidad —intervino la presentadora—, cuando la policía ha identificado a una mujer empapada, y que parecía en estado de *shock*, intentando salir del parque. La mujer ha sido trasladada al hospital y la policía y un equipo de control de animales, que ha sido alertado de inmediato al confirmarse la alerta, han comenzado a trabajar para poder entrar en el parque.»

Al oír esto, dejé escapar el aire tan fuerte que empecé a toser.

«Aquí es donde empieza lo más extraño de la historia —continuó la presentadora—, pues no han encontrado ni

194

rastro de los lobos, que han debido de escapar por alguna zona sin vigilancia.»

«La policía no ha querido confirmar nada al cien por cien, pero hay indicios que confirman que la lucha y los destrozos son obra de animales —explicó el presentador de nuevo—. Además de rastros de huellas, árboles arañados y ramas rotas, se ha encontrado a dos hombres que debieron de quedarse encerrados cuando las puertas se cerraron. —El presentador hizo una pequeña pausa—. Uno de ellos fue hallado muerto con graves heridas en el cuello y las extremidades, probablemente provocadas por mordeduras de los animales.»

«El otro —siguió la mujer— se encuentra hospitalizado en el hospital Gregorio Marañón en estado grave. Aún no se les ha identificado, pero se espera...»

Un pitido persistente se instaló en mis oídos al oír eso. Uno de ellos había muerto. El otro estaba en el hospital.

Seguí con la mirada la vía que salía de mi brazo y vi que podía caminar con ella si sujetaba la barra a la que habían colgado la bolsa. Sin perder un segundo, la agarré con fuerza y me puse de pie. Un paso, otro... Y trastabillé.

—Señorita, por favor, vuelva a la cama.

Había una enfermera delante de mí, pero yo solo oía el sonido de mi respiración y el pitido. Tenía que llegar hasta Galder. Tenía que ser él quien hubiera sobrevivido.

—Señorita, le repito...

Me había sobreestimado enormemente en una situación así, desde luego, pues perdí las fuerzas y me caí.

Cuando volví a abrir los ojos, mi madre me estaba acariciando la cara.

—Marilyn, cariño —susurró.

Sonreí débilmente y mi madre se echó a llorar y me abrazó con fuerza. No me encontraba tan mal como parecía, pero podía entender que para mi madre era duro verme así.

—¿Mamá? ¿Qué haces aquí? —pregunté con un hilo de voz. No podía creerme que estuviera en Madrid.

—Me llamaron a las cinco y media para decirme que estabas ingresada. —Se le llenaron los ojos de lágrimas—. He cogido el primer AVE que salía a Madrid. Acabo de llegar —añadió mientras sorbía por la nariz—. ¿Qué ha pasado, cariño? —me preguntó, y me dio un beso en la frente.

Dejé caer las lágrimas que no había sido capaz de derramar antes y abracé a mi madre.

—Galder y yo estábamos paseando por el parque... Se nos hizo un poco tarde y entonces oímos algo. Parecía un animal. Echamos a correr... —No podía parar de llorar. Y tampoco podía decir que había visto a un lobo. No quería describirlo, no quería acercar a nadie a la verdad sobre Galder. Tenía que protegerle—. Me tiré al lago para que el animal no me oliera, pero no sé qué pasó con él... —No sé si mi madre entendió el resto, pues ya no fui capaz de dejar de llorar—. No sé si está vivo, mamá, no le he visto.

Mi madre, con los ojos llorosos, me abrazó con fuerza y me acarició la cabeza como cuando era una niña pequeña y me despertaba por una pesadilla.

—Ya ha pasado —me dijo, pero yo sabía que nada habría pasado hasta que viera a Galder.

Como no confiaba en poder caminar sin caerme y sin que me regañaran, le pedí a mi madre que fuera a preguntar por Galder. Seguía sin saber si era él quien había sobrevivido o si era Pablo, pero habían llevado a uno de los dos al mismo hospital que a mí, así que solo podía confiar en que fuera él el que estuviera allí.

Mi madre volvió al rato y me dijo que había un hombre hospitalizado por lo del Retiro, pero que la policía no había traído su documentación aún.

—¿Y está bien? —Ojalá fuera Galder.

—No me han dicho nada más. —Mi madre me acarició la mejilla y asentí. Si seguía pensando en todo aquello, me estallaría la cabeza.

Entonces vi un movimiento a mi lado por el rabillo del ojo.

—Buenos días.

Parece que el destino tiene un retorcido sentido del humor y decidió enviar a una pareja de policías en ese momento a mi cuarto hecho de cortinas.

Los agentes se fueron unos minutos después, con sus informes rellenos y satisfechos con mis respuestas. Como le había contado la versión no fantástica a mi madre poco antes, lo tenía todo bastante fresco y no me costó mentir.

Los policías solo parecían querer asegurarse de que lo que había en el parque era un lobo y de que Galder y yo no nos habíamos metido en un lío con ningún otro humano (o entre nosotros, como insinuaron también).

Había aprovechado para preguntarles por él, si sabían quién era el hombre que habían traído al hospital, pero me dijeron que no podían compartir esa información conmigo.

Poco después de marcharse ellos, la enfermera que me había interceptado antes volvió y me dijo que la doctora vendría en breve a darme el alta, ya que parecía encontrarme mejor.

Sé que me hicieron unas cuantas recomendaciones, pero yo solo quería salir de allí, así que no presté atención. Mi madre, por suerte, sí que lo hizo.

—Vamos a casa —me dijo—. Será mejor que te des una ducha y descanses un poco.

—Todavía no —respondí, y me dirigí al mostrador de urgencias con mi madre a la zaga. En ese momento, un enfermero la interceptó.

—Hola, ¿es usted quien venía buscando a Galder Urzúa? Hace un rato la policía ha traído la documentación del hombre hospitalizado y hemos podido comprobar sus datos.

—Sí —asentí yo con los ojos llenos de lágrimas.

—Está en la UCI, pero solo puede entrar una de ustedes y…

Las piernas, que ya me temblaban antes, dejaron de sujetarme y me caí al suelo entre lágrimas de alegría. Galder estaba vivo.

Recuerdo cuando vi a Galder por primera vez en la UCI. No me dejaron entrar a la sala porque ni eran horas de visita ni yo un familiar, así que no pude estar a su lado hasta que le pasaron a una habitación, pero tenía un aspecto horrible incluso detrás del cristal.

Pablo, transformado en lobo, le había dejado heridas por todo el cuerpo. Una venda le cubría el lado izquierdo de la cabeza y bajaba hasta la mejilla. Además, tenía mordeduras en los hombros y los brazos. La mano izquierda estaba vendada y una de las piernas también.

Los médicos me dijeron que lo único que le había salvado era que el lobo no había llegado a tocarle el cuello, pero que sus heridas eran tantas y tan profundas que, si hubieran tardado un poco más, se habría desangrado.

Ahora, tras tenerle un tiempo allí y después de las operaciones pertinentes (que habían tenido que hacer nada más encontrarle, pues no podían esperar si querían cortar la hemorragia), podían decirme más o menos lo que pasaría. Galder podría llevar una vida normal, lo que era un alivio enorme, pero tendría sus limitaciones.

Para empezar, el lobo le había arrancado el ojo izquierdo de un zarpazo, por lo que no había manera de recuperarlo. Además, tenía heridas y mordiscos en las manos que habían ocasionado que perdiera dos dedos. Aparte de eso, el resto de las mordeduras eran lo bastante superficiales para que solo le dejaran cicatrices. Las de las piernas le dejarían una cojera que era posible solucionar con rehabilitación, aunque no podían asegurar al cien por cien que volviera a caminar como antes.

Toda aquella información me dejó sin aliento, como si de un golpe en el pecho se tratara. Galder había sobrevivido, pero había pagado un precio muy alto.

Con todo eso en la cabeza, pero la tranquilidad de saber que estaba vivo, dejé que mi madre me llevara a mi apartamento, me metí en la ducha y traté de quitarme el miedo de aquellos días junto con el olor a agua estancada.

Josh llamó a mi madre unas horas después, preocupado porque mi móvil no daba señal. Ella le dijo que estaba conmigo y me pasó el teléfono.

—Mary, tía, ¿dónde narices estás?

—En casa —respondí, e intenté que no me temblara la voz—. Es que... ha pasado algo.

Le conté la misma mentira que les había contado a mi madre y a los policías. El sonido al otro lado de la línea disminuía con cada palabra, seguramente porque la cara de Josh se había transformado de tal manera que todos estaban pendientes de lo que pasaba.

—¿Estás bien? ¿Está bien Galder?

—Sí, sí. Yo solo he tenido que pasar una noche en el hospital, pero Galder está en la UCI... Está vivo, pero tiene muchas heridas. Ha perdido un ojo y tendrá que hacer rehabilitación.

¿Te había dicho que no se me da bien dar las noticias con sutileza?

—Madre mía. —Sabía que Josh estaba sujetándose la cabeza y pasándose los dedos por el pelo. Siempre lo hacía cuando se ponía nervioso—. Vamos para allá ahora mismo, Mary.

—No te preocupes, de verdad. —No podía dejar que perdieran dinero por mi culpa—. Os quedan dos noches pagadas todavía y yo estoy con mi madre. Estaré bien. Además —añadí—, me iré al hospital esta tarde otra vez.

Aparecieron esa misma noche en la sala de espera.

¿Cómo está Galder?

A l día siguiente, cuando Galder aún no estaba despierto, pero ya planeaban llevarle a una habitación, apareció su familia.

Yo estaba dormitando en la sala de espera. Alex y Ken se habían marchado varias horas antes, después de venir a traerme algo de desayunar y ropa limpia. Alex había intentado que me fuera a casa, pero no había logrado convencerme.

—Pero, Mary, ya has pasado la noche aquí sin poder hacer nada… Si pasa algo, te llamarán.

La respuesta había sido negativa también, y ella se había encogido de hombros. Supongo que por eso había traído la ropa y la comida desde un principio: me conocía bien.

Ken no había comentado nada sobre Pablo, lo que me hacía pensar que o bien no había sido informado aún o bien no quería hablar del tema. Yo no le pregunté sobre ello hasta varias semanas después, cuando todo el follón hubo pasado, y Ekene me contó que, por increíble que pareciera, Pablo también estaba en el parque el día del ataque del lobo. Todos sus compañeros habían ido a su funeral, aún sorprendidos de que la muerte de Pablo hubiera sido ocasionada por un lobo en pleno centro de Madrid.

Pero las cosas no fueron más allá. Y nadie llegó a encontrar nunca al lobo.

Pero, bueno, nos habíamos quedado en que la familia de Galder había venido a visitarle aquella mañana. Era la primera vez que los veía en persona, y no estaba muy segura de cómo se hacía eso de conocer a la familia de tu novio en una situación como esa.

Los observé desde la sala de espera. Habían venido sus padres y tres de sus hermanas.

El grupo fue derecho a la recepción y preguntaron por Galder Urzúa. Tras unos minutos, sus padres siguieron a una enfermera hacia la zona de la UCI y sus hermanas entraron en la sala de espera, donde estaba yo.

Iban hablando entre ellas y sus expresiones me decían que aquellos habían sido los días más largos de sus vidas. Yo las miré de reojo, buscando el momento apropiado para presentarme, cuando una de ellas se acercó a mí.

—Perdona, ¿eres Mary?

Me quedé de piedra durante un segundo. Por lo general, yo era una persona directa, pero no esperaba que una de las hermanas de Galder lo fuera aún más que yo.

—Sí —asentí mientras trataba de controlar la vergüenza: nunca se me ha dado bien conocer a las familias de mis parejas—. Y tú eres una de sus hermanas… Pero sois muchas y no os ubico aún, lo siento —me disculpé.

Sonrió educadamente y alargó la mano para estrechar la mía.

—Soy Ainara —se presentó con una sonrisa—. ¡Chicas! Mary está aquí.

Las otras dos se apartaron de la máquina de café y se acercaron a nosotras.

—Encantada —dijo una, la más alta—. Soy Naia.

¡Naia! Ella era la que había coincidido con Pablo unos meses atrás. Al pensar en eso, un escalofrío me recorrió el cuerpo.

—Y yo Iraide —dijo la última, que no lograba dejar de fruncir el ceño por la preocupación a pesar de intentar sonar alegre al saludarme.

—Mary —dije, aunque me pareció absurdo después.

Las cuatro nos quedamos en silencio un momento y lamenté no haber preguntado más a Galder acerca de sus hermanas. No tenía ni idea de a qué se dedicaban o qué les gustaba. Sabía el orden de edad (si es que lo recordaba bien), pero ni idea de nada más. ¡Ni siquiera sabía si alguna vivía aún con sus padres!

Todas mis preocupaciones sobre sacar un tema de conversación se diluyeron cuando Iraide tomó la palabra.

—¿Cómo está Galder?

Pasé varios minutos contándoles el incidente (lo que me había inventado, más bien) y lo que los médicos me habían dicho sobre el estado de su hermano. A las tres se les empañaron los ojos cuando les conté las secuelas con las que posiblemente Galder tendría que vivir, y vi cómo se apretaban las manos, que habían tenido entrelazadas desde el principio.

En ese momento me vino a la cabeza mi hermano. Puedo imaginar el dolor que debían de sentir y me alegró que se tuvieran las unas a las otras para darse apoyo en ese momento. A mí, desde luego, no me habría venido nada mal cuando los médicos me contaron lo que yo les estaba contando a ellas.

No llevábamos mucho rato hablando cuando los padres de Galder entraron en la sala. Sus hijas se levantaron rápidamente para preguntarles y yo me quedé en un discreto segundo plano hasta que la madre de Galder reparó en mí.

—Por las fotos que nos ha enseñado mi hijo, supongo que eres Mary —dijo, y asentí con la cabeza.

Entonces hizo algo que no esperaba que hiciera: cubrió la distancia que nos separaba en un suspiro y me abrazó. Me alegré de que el pelo rizado de la madre de Galder me tapara la cara, porque seguro que mi expresión había sido de lo más cómica al verme rodeada por los fuertes brazos de aquella mujer. Le devolví el abrazo como pude, pues era más alta que yo, y noté que estaba llorando.

—Gracias por no dejarle solo.

No pude responder. Yo también me había puesto a llorar.

Los padres de Galder, Begoña y Jon, fueron realmente encantadores conmigo, teniendo en cuenta la situación en la que nos encontrábamos. Se interesaron por mi estado y me recomendaron ir a descansar, ya que llevaba mucho tiempo sin dejar el hospital, pero ellos tampoco consiguieron convencerme.

Estuvieron la mayor parte del día hablando por teléfono con sus hijas y otros familiares, contándoles cómo estaba Galder, lo que había pasado... Y me preguntaron varias veces por lo sucedido, como si no terminaran de creérselo. Si soy sincera, yo tampoco me lo habría creído, pero tenía que mantener la mentira.

Mientras estaba en el hospital aquel día recibí una llamada que no esperaba.

—¡Mary! ¡Mamá me lo ha contado todo! ¿Cómo estás?

Entre lo sensible que estaba y la emoción de escuchar la voz de mi hermano, me puse a llorar y tuve que alejarme de la sala de espera para no dar el espectáculo.

Pasaron más horas sin noticias hasta que, por fin, poco antes de las ocho de la tarde, nos informaron de que habían subido a Galder a una habitación. Sus padres y sus hermanas fueron los primeros en entrar a verle, por turnos, y después me tocó a mí.

Abrí la puerta despacio, sin hacer ruido, y le vi en la cama, que estaba ligeramente levantada para que pudiera sentarse sin esfuerzo.

—Mary —susurró, y se me llenaron los ojos de lágrimas mientras me acercaba a él.

Llevaba el mismo vendaje que le había visto en la UCI, y le cubría la cabeza y el ojo izquierdo. La mano derecha estaba vendada también y se veían los lugares donde le faltaban el dedo anular y corazón. Las piernas estaban apoyadas en almohadones para estar en alto y todo el cuerpo seguía cubierto de costras de las heridas que las zarpas de Pablo le habían ocasionado.

Me contuve para no lanzarme sobre él y le abracé con cuidado. Galder me acarició la cabeza con la mano izquierda y levanté la mirada hacia su cara. Estaba vivo. Estaba vivo y ya no corría ningún peligro.

Las piernas me temblaron del alivio que sentí y le besé con ganas.

Galder se apartó al poco rato con un gruñido y vi que también tenía una herida en el labio.

—Mierda, ¡perdona! —me disculpé, y le limpié la sangre con un pañuelo. Galder me cogió el pañuelo y me lo pasó por los labios, que también se habían manchado.

—¿Cómo estás? —me preguntó. Tenía la voz tan pastosa que no me costó imaginar la cantidad de calmantes que tenían que estar administrándole para el dolor.

—Bien —susurré—. Ahora mejor.

Le cogí la mano derecha con cuidado y besé el trozo de piel que las vendas dejaban al descubierto.

Galder frunció el ceño.

—Creo que ya nunca voy a ser el mismo. —Le miré, dispuesta a dejarle perfectamente claro que tener más o menos ojos o más o menos dedos no era motivo de vergüenza, pero él negó con la cabeza—. Por dentro, digo.

En ese momento me di cuenta del precio real que Galder había tenido que pagar para poder estar allí ese día: había tenido que matar a alguien para seguir viviendo. Le conocía lo suficiente para saber que el hecho de que había sido en defensa propia no le consolaría en absoluto, así que solo pude abrazarle.

—Siento que hayas tenido que pasar por todo esto —susurré—. No puedo imaginar cómo…

Se me quebró la voz. No sabía qué decir, no sabía cómo ayudarle.

—Mary, te quiero —dijo él con un tono de voz que anticipaba un enorme «pero»—. Te quiero mucho, pero creo que lo mejor es que te alejes de mí.

—¿Qué? —exclamé, y me aparté de él para mirarle a su único ojo sano.

—Mary, soy un asesino —dijo bajando la voz—. Estoy vivo a cambio de que Pablo… —Le costó pronunciar su nombre—. A cambio de que él muriera.

—Galder. —Le insté a mirarme a la cara y me puse muy seria—. Pablo quería matarte. Te habría matado si no te hubieras resistido. Si el lobo —me corregí, y bajé la voz— no se hubiera resistido. —Se me llenaron los ojos de lágrimas—. Él quería matarte. ¡A los dos, en realidad! Ya le oíste… ¿Qué ibas a hacer si no te defendías? ¿Morir?

En ese momento todas las lágrimas que había estado conteniendo delante de la familia de Galder, delante de Josh y Alex, salieron como si hubiera quitado un dique de contención.

—No quiero que pienses que eres algo que no eres —dije cuando logré calmarme—. Eres bueno, Galder.

Me abrazó con fuerza durante todo el tiempo que sus débiles brazos pudieron soportarlo. Y lloró.

¿Me lo prometes?

P asaron varias semanas antes de que Galder pudiera salir
del hospital. En aquel tiempo, el resto de sus hermanas
llegaron a Madrid para visitarle y yo tuve una inmersión
más intensa de lo que había esperado en la familia Urzúa. ¿Y
por qué? Porque sus padres estaban tan preocupados por mí
que parecían los míos.

Hablando de eso, mi madre apareció un día en el hospital
para visitar también a Galder.

El domingo anterior, después de hacerle prometer a Josh
que no me dejarían sola, había cogido un AVE a Barcelona.
No esperaba que volviera al fin de semana siguiente, la verdad, puesto que yo ya estaba bien, pero me pareció muy considerado de su parte, pues solo conocía a Galder de un día.

Mi padre me llamó por teléfono cada día desde el accidente. Primero para interesarse por mí y después, cuando le
conté lo que le había pasado, por Galder (le había hablado
de él una o dos veces antes, así que supongo que ya lo sentía
una parte de mi vida). Me dijo que en cuanto pasara todo y
él tuviera vacaciones vendría a visitarme y, de paso, a conocer a mi novio. Mi padre es todo lo contrario a mi madre o
a mí: es tímido, parco en palabras y nunca sobrepasa la línea
de lo personal en una conversación si no te conoce bien, así
que no me preocupaba en absoluto lo que pudiera salir de
aquel encuentro.

Y, por fin, tras visitas, idas y venidas de médicos y más conversaciones con Galder para convencerle de que no pensaba irme a ningún lado..., volvimos a casa.

Nos aseguramos de que le dieran el alta varios días antes de la siguiente luna llena para no tener que explicar qué hacía un lobo en su cama durante esa noche y ahorrarnos el pánico generalizado que eso conllevaría. Josh se había ofrecido a mudarse temporalmente con Manu y Diminuto para que Galder estuviera lo más cómodo posible a su vuelta, así que con un sedante y las cadenas que ya habíamos utilizado alguna vez para inmovilizarle, el lobo pasó esa noche en el apartamento mientras yo esperaba en un hotel.

Debo mencionar que Josh ya no volvió con nosotros después de esas semanas viviendo con Manu. Y, aunque al principio le eché de menos..., no me extrañó en absoluto.

La primavera llegó casi sin darnos cuenta, y los médicos programaron las sesiones de rehabilitación de Galder para que empezaran lo antes posible. A veces le decían que estaría como nuevo para las vacaciones de verano, pero él no llegó a creérselo hasta que se vio en una de las piscinas municipales que había cerca de casa, pasando el día junto a mí a principios de un caluroso junio.

—Mary.

—Dime.

Estábamos tumbados en el césped artificial de la piscina. Galder se había quedado debajo de la sombrilla para proteger su blancura norteña, mientras que yo llevaba ya un rato vuelta y vuelta, untándome de crema a cada poco.

—¿Te arrepientes de haber aceptado salir con un —bajó la voz— hombre lobo?

Le miré en silencio durante un instante, con una media sonrisa dibujada en la boca.

Galder, mi querido hombre lobo que a veces parecía más considerado e inseguro que los hombres a secas. Y al que yo seguía encontrando terriblemente atractivo, secuelas incluidas.

Las heridas se le estaban curando bien y parecía que le

quedarían menos cicatrices de las que esperábamos. Ya no llevaba las manos vendadas y cada vez se manejaba mejor sin un dedo anular y un dedo corazón (a Josh le encantaba cuando le picaba y Galder le hacía una «peineta fantasma», como él lo llamaba). La rehabilitación estaba yendo estupendamente y cada día caminaba con menos dificultades. Era maravilloso verle mejorar cada día.

En cuanto a su ojo…, aún me costaba mirarle a veces y ver la cicatriz que Pablo le había dejado en la cara. La parte más dura se la había llevado la cuenca y, aunque estaba bien curado, la carne seguía siendo rosada y sensible. Sabía que él no estaba cómodo al mirarse al espejo, y podía entender que aquel cambio era algo difícil de digerir, pero yo me esforzaba día tras día en ayudarle a gustarse de nuevo. Para ser sincera, a mí no me había dejado de gustar: me dolía ver esa cicatriz, pero porque simbolizaba lo que había tenido que hacer para sobrevivir.

Así que le besaba en esa mejilla con cuidado, le miraba como siempre lo había hecho y devoraba artículos de Internet sobre cómo ayudar a alguien que tiene que vivir con secuelas de una enfermedad o un accidente. También había hablado de ello con mi psicóloga, porque podría ayudarme más que la pantalla del ordenador, sin duda. Ella, además, había dedicado tiempo de nuestras sesiones a indagar en cómo me había afectado a mí todo aquello.

Y aún no estaba segura de cómo me afectaba, pues seguía sin querer pisar el Retiro, tenía pesadillas de vez en cuando y había vuelto a tener problemas para controlar mis emociones, pero seguía trabajando en ello. No pensaba dejar que aquella experiencia nos fastidiara la vida, ni a Galder ni a mí. Creo que el premio a la mejor actitud me lo merezco, ¿no?

—No me arrepiento en absoluto de salir con un hombre lobo pirata —respondí con una sonrisa.

Galder sonrió también y se llevó una mano al parche de manera inconsciente. Cuando salió del hospital, decidió que, si tenía que llevar un parche, cumpliría un sueño de su infancia. Así que se había comprado una buena cantidad de parches de aspecto «piratesco» y había salido de la tienda sorprendentemente contento.

Se acercó para besarme.

—Es solo que sería normal que te hubieras arrepentido —dijo, como tantas otras veces antes—. Esta no es una situación fácil y…

—… Y, si en algún momento quieres dejarme, no quiero que te dé lástima —terminé yo, parafraseando lo que llevaba semanas diciendo de vez en cuando.

—Eso. —Galder frunció el ceño.

—Vale. —Me acerqué y le di un beso—. Ya te he dicho que siempre que he tenido que dejar a alguien, lo he hecho. No habrá lástima, de verdad.

—¿Me lo prometes?

—Solo si tú me prometes dejar de darle vueltas al tema.

Sabía que era difícil, pero quería que Galder volviera a confiar en sí mismo.

—De acuerdo —accedió, y me lanzó una mirada expectante.

—Y yo prometo quererte mucho y quererte bien todo el tiempo que estemos juntos —dije justo antes de lanzarme a besarle.

Spoiler: le quise mucho y muy bien durante mucho, mucho tiempo… Porque ya no volvimos a separarnos.

Agradecimientos

Estar escribiendo los agradecimientos de una novela mía que ha resultado ser ganadora del Premio Imagin-Neo me parece tan imposible como que Mary acabara saliendo con un hombre lobo. Pero aquí estamos las dos. Y como no habría llegado a este punto sin el apoyo de la maravillosa gente que me rodea, quiero aprovechar estas líneas para recordárselo.

A David, que me inspiró a escribir una historia sobre un novio hombre lobo en la etapa en la que aún no era un marido hombre lobo. Tengo suerte en dos aspectos en ese sentido: el primero, es que esta novela no es autobiográfica y no tengo que preocuparme las noches de luna llena; el segundo, es que te tengo a mi lado y me apoyas y animas aun cuando ni yo misma lo hago. Soy muy feliz contigo. ¡Te quiero muchísimo!

A mi madre, Amparo, que se ha leído todas las versiones de esta historia y me ha ayudado a pulirla en un tiempo récord para la convocatoria (os debo a David y a ti un batido de chocolate por lo menos). Y por compartir conmigo la pasión por las novelas románticas con protagonistas misteriosos y sobrenaturales. Ojalá alguna madre y su hija disfruten esta novela tanto como tú y yo disfrutamos las nuestras. ¡Te quiero mucho!

A mi padre, Jose, y mi hermana, Marta, porque siempre estáis ahí apoyándome y no puedo pedir nada más. Esta vez

211

no ha habido tiempo de pasaros el manuscrito, pero os garantizo que en la novela hay menos hombros fuertes que en las que me hacían suspirar de adolescente por casa. ¡Os quiero mucho!

A Nidia y Rosana, que fueron lectoras beta cuando esta historia surgió y me ayudaron a ver qué aspectos necesitaban una vuelta más. Han pasado años y revisiones por encima de Cómo salir con un hombre lobo y vuestros comentarios y vuestro ánimo han hecho de esta novela lo que es hoy. ¡Muchas gracias!

A Carmen y Pablo, porque sin su ayuda Galder habría sido asturiano solo en mi cabeza; y a Alberto, por su ayuda con el aspecto vasco de nuestro hombre lobo (y a Marcos, por ser el intermediario).

A May, de la que he aprendido muchísimo en el tiempo que llevo en el mundo literario. Me has enseñado a ver cosas de las que no era consciente a la hora de escribir y lo mínimo que puedo hacer es darte las gracias (y darte un abrazo cuando te vea de nuevo).

No puedo terminar sin dar las gracias a Cristina Alonso, el jurado del premio y todo el equipo de Plataforma Neo, que habéis decidido confiar en mi novela lo suficiente como para convertirla en ganadora. Y a Marina por crear la portada perfecta, ¡es una maravilla!

Y a ti, si has llegado hasta el final de estos agradecimientos y has disfrutado con mis personajes tanto como yo. No sé si acabarás saliendo con un hombre lobo, pero si es así... ¡No pierdas de vista las señales!

Índice

Tu opinión es importante.

Por favor, haznos llegar tus comentarios a través
de nuestra web y nuestras redes sociales:

www.plataformaneo.com
www.facebook.com/plataformaneo
@plataformaneo

Plataforma Editorial planta un árbol
por cada título publicado.